本书出版得到广西民族大学"广西一流学科"中国语言文学学科建设经费资助。特此鸣谢。

陈岸峰 著

沈德潜诗学研究

中国社会科学出版社

图书在版编目(CIP)数据

沈德潜诗学研究 / 陈岸峰著 . —北京：中国社会科学出版社，2019.3
ISBN 978-7-5203-3960-5

Ⅰ.①沈… Ⅱ.①陈… Ⅲ.①沈德潜（1673—1769）-诗学-诗歌研究 Ⅳ.①I207.22

中国版本图书馆 CIP 数据核字（2019）第 021066 号

出 版 人	赵剑英
责任编辑	慈明亮
责任校对	夏慧萍
责任印制	戴 宽

出　　版	中国社会科学出版社
社　　址	北京鼓楼西大街甲 158 号
邮　　编	100720
网　　址	http：//www.csspw.cn
发 行 部	010-84083685
门 市 部	010-84029450
经　　销	新华书店及其他书店

印刷装订	北京君升印刷有限公司
版　　次	2019 年 3 月第 1 版
印　　次	2019 年 3 月第 1 次印刷

开　　本	880×1230　1/32
印　　张	6.875
插　　页	2
字　　数	170 千字
定　　价	38.00 元

凡购买中国社会科学出版社图书，如有质量问题请与本社营销中心联系调换
电话：010-84083683
版权所有　侵权必究

目 录

序一 ……………………………………………… 何宗美（1）
序二 ……………………………………………… 陈广宏（1）
摘要 ……………………………………………………（1）
第一章　沈德潜的诗学历程及研究评估 ………………（1）
　一　前言 ……………………………………………（1）
　二　生平及其诗学发展 ……………………………（2）
　三　沈德潜与复古诗派及其创造 …………………（7）
　四　相关研究的评估 ………………………………（10）
　五　研究方法及章节安排 …………………………（17）
第二章　格调的追求：沈德潜对明清诗学的传承与
　　　　突破 …………………………………………（19）
　一　前言 ……………………………………………（19）
　二　格调说渊源述略 ………………………………（21）
　三　格调与诗歌中"乐"的关系 …………………（27）
　四　诗法之争及其突破 ……………………………（35）
　五　神韵、格调及性灵的汇通 ……………………（45）
　六　结语 ……………………………………………（57）
第三章　沈德潜对李攀龙诗学理念的传承与批判 ……（59）
　一　前言 ……………………………………………（59）

二　诗史观：从复古到传承 ………………………………（61）
三　从突破"四唐说"到同尊盛唐诗之不同目的 ………（65）
四　五、七言绝句 …………………………………………（69）
五　五、七言古诗 …………………………………………（73）
六　七律之争 ………………………………………………（80）
七　结语 ……………………………………………………（83）

**第四章　诗学与政治的张力：沈德潜诗论中的
　　　　"温柔敦厚"** ………………………………………（85）
一　前言 ……………………………………………………（85）
二　清初的文字狱及其文艺政策 …………………………（85）
三　"神韵"与清初的官方意识形态 ……………………（92）
四　"温柔敦厚"的不同阐释 ……………………………（95）
五　"温柔敦厚"与明代复古诗派之"格调" …………（106）
六　袁枚对"温柔敦厚"之攻击 ………………………（111）
七　结语 …………………………………………………（113）

第五章　别裁伪体归雅正：沈德潜编选的六种选本 ……（115）
一　前言 …………………………………………………（115）
二　选诗标准、评点的方法及实际批评 ………………（116）
三　匡济诗坛之选：《古诗源》《唐诗别裁集》
　　《宋金三家诗选》 …………………………………（120）
四　重唐调而不废宋诗：《宋金三家诗选》 …………（130）
五　对明代复古诗派的批判与肯定：《明诗别
　　裁集》 ………………………………………………（134）
六　选本与权力的关系：《清诗别裁集》 ……………（143）
七　博采各家之长：《杜诗偶评》 ……………………（148）
八　结语 …………………………………………………（157）

第六章　总结 …………………………………………（159）
附录　王士禛的神韵说及其实践 ……………………（162）
　一　前言 ……………………………………………（162）
　二　"神"与"韵" …………………………………（163）
　三　神韵诗的创作条件 ……………………………（168）
　四　神韵与格调 ……………………………………（171）
　五　神韵诗与绝句及怀古诗 ………………………（175）
　六　诗与画及禅 ……………………………………（186）
　七　总结 ……………………………………………（191）
征引书目 ………………………………………………（192）
后记 ……………………………………………………（204）

序 一

何宗美

学,向来不易谈。但凡某一学术领域之研究,一经缀上"学"字如经学、史学、美学、红学、文字学、甲骨学等,便为深邃之堂奥、玄妙之境地,惚兮恍兮,难言其状。谈经、谈史、谈美、谈《红楼》、谈文字、谈甲骨文,或稍可言易;谈经学、谈史学、谈美学、谈红学、谈文字学、谈甲骨学,则难之难矣。相信治学者人人当有此感。

诗学亦然。言诗者易,言诗学者难。故言诗者众,言诗学者寡;言诗之著汗牛充栋,言诗学之著相对寥寥。而言诗学者、言诗学之著且能自树一帜、出类拔萃者,更是沅江九肋、吉光片羽。"有第一等襟抱、第一等学识,斯有第一等真诗。如太空之中,不着一点;如星宿之海,万源涌出;如土膏既厚,春雷一动,万物发生。古来可语此者,屈大夫以下,数人而已。"(沈德潜《说诗晬语》)诗之难如此,诗学之难亦由此可知。

陈君岸峰教授,风雅博学之士,及古及今,于诗于文,或稗或史,亦画亦书,无所不睹,无不有成,兼赅之才,侪辈称奇。而治诗与诗学，孜孜有年，创获尤夥。《诗学的政治及其诠释》《甲申诗史：吴梅村书写的一六四四》《回首望长安：杜甫书写的"安史之乱"》等著，先后见版于香港和内地，有声于学林。今《沈德潜诗学研究》付梓，可谓珠光再现，惠我及人。

我国古代诗学，至清而集其大成，如同经学、史学乃至中国古代学术皆以清为集其大成者。沈德潜诗学为清代诗学之关键一环，亦为我国古代诗学集大成的重要部分。此乃研究沈德潜诗学的价值所在，亦是研究沈德潜诗学的难度所在。

集大成诗学当有异于其集大成形成之前的诗学，集大成诗学研究自然有异于其集大成形成之前诗学的研究。清代诗学之为清代诗学，究其大端或有二：一在于其诗学所具有的"清代性"，一在于其诗学的"集大成性"。清代诗学的清代性，犹如唐代诗学的唐代性、宋代诗学的宋代性、明代诗学的明代性，而清代诗学的集大成性则是唐、宋、明各时期诗学所不具有的独特方面，由此形成研究清代诗学与研究唐代诗学、宋代诗学、明代诗学的一个基本不同点。

可知，清代诗学之特征，首在其集大成性。

诗学之集大成，是历代诗学不断发展和积累的必然结果；而集大成诗学，则是一种诗学元素更多样、诗学体系更复杂、诗学理路更深密的诗学形态。清代诗学的集大成性，关键在此。以诗歌与时代之关系言之，《诗》、《骚》、汉、魏、齐、梁、唐、宋、元、明之诗，百川归海，至清而综其诗脉，辨其诗体，品其优劣，审其正变；以诗论或诗派言之，言志、比兴、风教、缘情、师古、师心、格调、性灵、肌理、神韵之说，万法归宗，亦至清而探其渊源，论其风气，析其内理，求其会通。

作为集大成的清代诗学，会通性是其突出特点。会，即综合性；通，即贯通性。以综合而统其众说，以贯通而求其建构。沈氏论诗，要而言之，"先审宗旨，继论体裁，继论音节，继论神韵，而一归于中正和平"（《重订唐诗别裁集序》），知其诗学体系是多元的合一，而不是异说的杂凑。即将历时性诗学形态统一于共时性诗学形态之中，在综合中实现体系的建构，在建构中消竭流派的界分。

当然，集大成诗学通常也有封闭性、保守性之局限。这是清代诗学不可避免的，沈德潜诗学或许也带有这样的缺陷。

与岸峰教授相比，我于诗学几无专门研究，故不敢轻言，只能有所思考，在学习中体会他人的卓论。这里说些不着边际的话，不过是拜读岸峰教授之大著的一点粗浅体会而已。柳子厚所云"操斧于班、郢之门，斯强颜耳"（《王氏伯仲唱和诗序》），此之谓也。而方家之论诗学，所幸可于岸峰教授这部《沈德潜诗学研究》大著中窥其堂奥，探其骊珠。

今年暑期，避暑于渝东南黑山谷之闲云山庄。此地海拔千有余米，深深幽谷，叠叠青山，山雨过后，云牵雾绕，可叹洁白其质、温柔其怀、仙子之态、如梦如烟，让人游心尘世之外，置身仙界之中。

一日，山中接岸峰教授之惠请，迟疑片刻便欣然应诺。而山中之事，于批阅论文、审阅成果和闭门著述之外，又添一头绪矣。闲云清风，鸟语虫鸣，伴我细读大著，每有会意，则大快于心。数旬下山，再对照新旧之稿，受教再再，收获益多。

至此，恰让我想到沈氏《说诗晬语》自序描写的一个情境："尘氛退避，日在云光岚翠中，几上有山，不必开门见山也。"又谓:"时适坐古松乱石间,闻鸣鸟弄晴,流泉赴壑,天风送谡谡声,似唱似答。"此沈氏论诗所处之胜境,我之处黑山闲云与此何其似也;不似者,沈氏论诗,我不能论诗,而我有幸藉岸峰教授沈氏诗学研究之津梁并于云闲风清之际神会沈氏之诗心,此岂机缘巧会乎?

是为序。

初稿于黑山谷之闲云山庄
完稿于嘉陵江畔之五有斋

序 二

陈广宏

陈岸峰教授的大作《沈德潜诗学研究》即将付梓，属序于余。我于沈德潜知之甚少，深恐未能解会这部著作所做工作的意义，惟与岸峰教授结识多年，同业相善，故不敢辞。

沈德潜在清代诗坛的重要性毋庸置疑，他的诗论主张亦可谓构建清代诗学的一大柱石。对于这样一位大家，当然需要足够多专精覃思的研究者从各个维度予以观照、阐论，在层累地推进中不断趋近其原貌。具体而言，沈氏从一个江南儒者、诗人，而至官方文坛的代表，他的诗学理想如何生成、演变？所提出的诗论主张在当时究竟属于何种立场、满足何种诉求，与当时官方意识形态构成何种关系？从长远来看，他的以"温柔敦厚"之诗教为纲领、"格调"为表征的诗学理论体系，在令清代诗学自成其面目的过程中，具有怎样的结构性作用？显然，在沈氏这一个案上澄清相关细节，提供合理的认识，可以解决文学史、批评史上诸多关键性的问题。岸峰教授在这部著作中，以其长年思考与实证，给出了他自己的答案。

作者显然有自己侧重的考察点：一是在考究沈氏诗学发展

演变脉络的同时，力求对其相关诗论主张的生成语境做出细致的梳理，尤其追溯与明代复古派的联系，解析沈德潜如何通过对明末清初以来诗坛所面临问题的回应，找到自己的定位，形成独特的诗学体系。二是选择从沈氏的一众诗歌选本切入，与之前代表性作家的诗选文本相比对，抓住传统诗学之批评实践特点，在一种互文中深入剖析其选诗标准及具体评注所体现的理论内涵，较为全面地展示沈氏的诗学构成及其文学史观。

岸峰教授曾任职于香港大学，十余年前我们有缘订交，其时即感受到他执着于学术的激情，此后亦有不少来往。他用力精勤，富于著述，每有新著问世，皆有惠赠，产量之高，令人钦羡，研究范围由中古、近世诸体文学，一直到现当代文学、文学史学，兼涉古代史诸多领域，有不少是我们共同感兴趣的专题。与此同时，他也一直致力于书画创作以及艺术史研究，更显示博洽多能的一面。此书是他在中国社会科学出版社出版的著作，多年心得，毅力可嘉，至于著中精义，不俟余之赘也。

戊戌年腊月于光华楼

摘　　要

　　明末清初诗坛，诗派竞起，然终离不开对明代复古诗派之论争。明末的公安派与竟陵派以至于清初的神韵说之出现，或攻其弊，或自成一家之说，而其与复古诗派的诗学主张有密不可分的关系，殆无可疑。清代的沈德潜则是明末清初诗坛论争的总结者。沈氏从批驳李攀龙"唐无五言古诗而有其古诗"之说出发，以倡"诗教"作为突破唐诗的缺口，提出"以意运法"的诗学方法论，旨在突破复古诗派在诗论上的桎梏，导引诗坛走向创造之途。另一方面，沈氏针对复古诗派的核心诗学理念"格调说"而提出创造性的改造。沈氏提倡"温柔敦厚"与"格调说"的相互补充，而且又将这两个诗学概念挪移为其诗学批评的基准。沈氏对诗坛论争更全面的回应可见于其全面性的选本。由诗论上的剖析毫厘以至选诗上的态度、原则与取向，彰显了一位风骨铮铮的文人学者对诗学的卓识与执着。

第一章

沈德潜的诗学历程及研究评估

一 前言

有关复古诗派①的论争,从明中叶至清初,众说纷纭,向无定论,及至沈德潜(确士,1673—1769)在诗坛的崛起,其对复古诗派的批判性传承及其所建构的具有创造性与突破性的诗学体系,方才解决了长久以来的诗学论争,复将格调派的诗学推向新的高峰。沈氏既有深入探讨诗学理论的《说诗晬语》,又编选了《古诗源》《唐诗别裁集》《宋金三家诗选》《明诗别裁集》《清诗别裁集》以及《杜诗偶评》六种选本。这六种选本,既是其诗学理念的具体体现,亦是针对自明中叶以降的各

---

① 前七子乃以李梦阳(献吉,1472—1530)与何景明(仲默,1483—1521)为首,此外尚有徐祯卿(昌谷,1479—1511)、边贡(廷实,1474—1532)、康海(德涵,1475—1540)、王九思(敬夫,1468—1551)、王廷相(子衡,1474—1544);后七子乃以李攀龙(于麟,1514—1570)与王世贞(元美,1526—1590)为主,此外尚有谢榛(茂秦,1495—1575)、宗臣(子相,1525—1560)、梁有誉(公实,1519—1555)、徐中行(子兴,1517—1578)与吴国伦(明卿,1524—1593)。因为彼等提倡"文必秦汉,诗必盛唐"的复古文学观念,故此一般文学史与文学批评史对这一流派也以"复古诗派"视之。

种不同选本的缺失而作的弥补。由此可见，其诗学体系之精密与深邃。除了理论层面与实际批评兼备之外，其诗学理论更是有意识地批判与传承明代前、后七子的诗学理念，且又针对明末以降的诗坛流弊。故此，藉着对沈德潜诗学的研究，必有助我们进一步省思明、清两代诗学理论的发展、传承以及演变关系。

二　生平及其诗学发展

关于沈德潜的生平事迹，最早的记载见于袁枚（子才，1716—1798）为他撰写的《太子太师礼部尚书沈文悫公神道碑》。① 以下将结合清代有关沈氏的史传、乡志及碑文对沈氏的生平作简单扼要的探讨。这里所着重的是沈氏与当时诗坛人物的交往及其著述、评选的事迹，以期对这样一位在诗学上继往开来，有意识地为复古诗派在明末清初以来所存留的诗学困局寻找突破，并综合、开创了一套博大深邃的诗学体系的一代宗师，有较为全面而深入的认识。

沈德潜，字确士，号归愚，苏州府长洲县人，生于康熙（玄烨，1654—1722；1661—1722 在位）十二年（1673），卒于乾隆（弘历，1711—1799；1735—1796 在位）三十四年（1769），享年九十七岁。沈氏的祖先从吴兴（浙江北部）竹墩迁居苏州。

---

① 袁枚：《太子太师礼部尚书沈文悫公神道碑》，《小仓山房诗文集》，上海古籍出版社 1988 年版，第 1216—1218 页。而沈氏的故乡苏州的《苏州府志》第 89 卷亦载《沈德潜传》。此外《清史列传》第 19 卷、《清史稿》第 305 卷及《国朝先正事略》第 18 卷均有关于他的记载。

沈德潜初徒木渎,后来移居郡城①。五岁开始从祖父沈钦圻学音韵。初读书时,祖父问以平上去入,德潜皆能应对,祖父因而说:"是儿他日可成诗人",②并赐诗以作嘉许。七岁(康熙十八年)随祖父往菁泽河宋氏馆读书。其父为家庭教师,可家境相当贫困。十一岁的沈德潜日间读《左传》及韩文,晚上则读唐律、绝诗以及古文选本。

然而,他对时文的训练或有所不足,沈氏在十九岁(1691)始应县府试,而却连续十七次落第。这种推测可从他咏绝句时被老师制止、教训得到印证,其师施星羽说:"勿荒正业,俟时艺工,以博风雅之趣可也。"③所谓的"正业",乃指学习应试的时文。施氏教授沈大约只有两年多(1688—1690冬),后来因为沈氏家贫而辞去教席。康熙三十年(辛未,1691),沈氏受业于蒋济选(觉周,长洲诸生)。④是年,他应县府试,获取录;次年应院试不中。康熙三十二年五月后始读《史记》《汉书》,闲时则读汉魏乐府,学成古文。一年后(1694),成秀才,为长洲博士弟子员。康熙三十四年(1695)至五十三(1714)年间,他共赴省试六次,皆不中。而这期间,德潜仍以授徒维生。康熙三十七年(1698)四月,应张岳未的诗文会,并一起学诗于叶燮(星期,1627—1703)⑤。叶

---

① 沈德潜:《沈归愚诗文全集》第4册,香港科技大学藏"中研院"傅斯年图书馆清乾隆年间刊本复印本,第1页。本书所引《沈归愚诗文全集》皆出自此版本,以下只标"乾隆年间刊本"。
② 同上书,第1、3页。
③ 同上书,第6页。
④ 沈德潜:《蒋先生传》,《沈归愚诗文全集》第3册,第16卷,乾隆年间刊本,第6页。
⑤ 同上书,第1—2页。

氏著有《原诗》一书，论诗之"变"而言上溯诗歌之源头，这对沈德潜的诗学有极大的影响。叶氏曾以自己所制古文及门人之诗作寄给当时以"神韵说"而名于世的诗坛盟主王士禛（贻上，1634—1711）。王士禛在覆信中指出沈德潜之诗作渊源叶燮，而且"不止得皮骨，直已得髓"①。据《小山姜诗序》所记，沈氏曾于三十岁时两度写信给王士禛，王氏亦曾覆信，然不久王氏即逝世，两人始终缘悭一面。②

康熙四十六年（1707），沈德潜与张岳未、徐龙友、陈匡九、张永夫等友人成立城南诗社。康熙四十八年（1709），与周允武及周准定交，周准后来与沈氏共同编选《明诗别裁集》。康熙五十四年（1715），开始批选唐诗十卷。次年，陈树滋携选稿到广南刊刻，次年十月寄回，德潜为之补序。同月，沈氏开始选古诗，《古诗源》于次年二月编成。雍正（胤禛，1678—1735；1722—1735在位）三年（1725）十月，俞兆晟（叔颖，生卒年不详）按崑科试，取沈德潜为一等第一，原卷："融化经言，佐以议论，董醇贾茂，两者兼之。"覆卷评："金石奏而蟋蟀之鸣自破。"③ 岁终，《古诗源》刻成。开始选明诗。

雍正九年（1731），成《说诗晬语》两卷。这一论诗专著，涵盖面极广，大如纵论诗之源流升降，微及章法句法以至音韵格调配衬，而其中对历代诗歌得失，尤其是诗学方法论上的探讨皆极之具体细致，乃其诗学思想之精华所在。

---

① 沈德潜：《沈归愚诗文全集》第4册，乾隆年间刊本，第8页。
② 沈德潜：《归愚诗文钞·续编》，第7卷。
③ 沈德潜：《沈归愚诗文全集》第4册，乾隆年间刊本，第16页。

同年三月，沈德潜接受浙督李公聘修浙江通志、西湖志（分列水利、名胜、祠墓、志余四门），遍览载籍。其时，交往的诗友颇多，计有方文辀、张存中、陈葆林、诸襄七、厉鹗（太鸿，号樊榭，1692—1752）、周兰报、王介眉等，其中，厉鹗乃浙派宗主。袁枚在《答沈大宗伯论诗书》中虽说：

> 先生（沈德潜）诮浙诗，谓沿宋习败唐风者，自樊榭为厉阶。①

然而，沈氏于《清诗别裁集》中却对厉鹗有颇高的评价：

> 樊榭征士，学问淹洽，尤熟精两宋典实，人无敢难者。诗亦清高，五古在刘慎虚、常建之间。今浙西谈艺家专以钉饳挦撦为樊榭流派，失樊榭之真矣。②

可见沈氏相当推崇厉氏的学问与诗歌，所批评的只是以厉氏为宗的浙派末流而已。在此，我们可见沈氏与宋诗派中人亦有来往，而且对宋诗派的评价亦相当公允。

雍正十二年（1734）三月，诏举博学鸿辞，五月督抚三院考试，与试者三十一人，取六人，沈德潜获第三。《明诗别裁集》亦于此际刻成，乃沈德潜对明代复古诗派的批判与肯定之选。其中对钱谦益之痛诋前、后七子颇多纠正，亦不乏批评，

---

① 袁枚著，周本淳标校：《小仓山房诗文集》第3册，上海古籍出版社1988年版，第5页。
② 沈德潜：《清诗别裁集》，中华书局1977年版，第424页。

在选诗与评价上，均体现了沈德潜作为一代诗宗的胸襟与识见，亦乃研究其对明代复古诗派之批判与传承关系的重要资料。

乾隆三年（1738）八月赴省试，九月开榜，共赴试十七次的沈德潜终于考中第二名，与后来性灵派宗主袁枚同榜。次年二月应春官试，中六十五名，殿试第八，朝考第三。五月成进士，改庶吉士。十一月乞假归里，仍以授徒维生。乾隆七年（1742）四月，散馆御试，等第分第一，留馆。六月九日轮班引见，乾隆谕曰："沈德潜系老名士，有诗名。"① 命和消夏十咏五律，此后常奉命和御制诗，可见乾隆对他的恩宠，后来他将其与乾隆和唱之作辑成《矢音集》。同年九月，分修《明史》纲目。其后一年五迁至日讲起居注官，可见恩眷甚隆。乾隆五年（1740）正月，校勘《旧唐书》完毕，开始校《新唐书》。由此便不难明白他何以在评唐诗中，尤其在《唐诗别裁集》与《杜诗偶评》中评杜诗时对唐代的史实及典章制度之娴熟了。其后更是平步青云，命为上书房行走。及至乾隆十四年（1749）因噎病未愈，奉旨不必到上书房，许归故里，命校阅御制诗稿毕即起行。

乾隆十六年（1751）十月，沈德潜评选的《杜诗偶评》刻成。有学者认为其《杜诗偶评》可能是在教皇子杜诗时加以评选的。② 事实上，此选多胎源于《唐诗别裁集》的杜诗之选。次年五月，开始评选《国朝诗别裁集》（即《清诗别裁集》）。冬月，批选《国朝诗别裁集》完毕。乾隆二十四年（1759）

---

① 沈德潜：《沈归愚诗文全集》第4册，清乾隆年间刊本，第27页。
② 胡幼峰：《沈德潜诗学探研》，学海出版社1986年版，第24页。

九月，蒋子宣刻成《清诗别裁集》。因蒋氏的刻本错别字太多，沈氏于次年三月命儿子种松重刻。越明年二月，增订《清诗别裁集》刻成，十一月在京贺皇太后寿时进呈历朝圣母图册及《清诗别裁集》。然而，乾隆却下谕旨指出国朝诗选不应以钱谦益冠诗人之首，而钱名世为"名教罪人"，不应入选，且又直称慎郡王名讳，着令南书房诸臣删改，重付镌刻。此选处处凸显了选诗者沈德潜与清廷在意识形态上的紧张关系。此等事实，正可驳历来学界某些研究诋沈氏为帝皇粉饰太平之御用文人、封建帮凶之谬。

乾隆二十八年（1763）八月，增订《唐诗别裁集》刻成，共二十卷。至此沈德潜所评选的六种诗选，均已完整面世，其选本既有细致的批评或鉴赏以及作诗之法的导引，同时亦呈现了其条理分明的诗学理念，特别回应了自明中叶至清初由复古诗派所引发的诗学论争，并在前人的基础上建构了一套创造性的诗学体系，为复古诗派的诗学困境作出了突破。故而，选本在沈德潜诗学体系中占有非常重要的位置。

两年后的闰二月十二日，德潜加太子太傅衔。十九日，上谕德潜改食正一品俸。三月，举九老会。四月，门生王廷魁为德潜镌御制诗文及恭和御制诗，自乾隆二十三年至三十年，前后共六卷。德潜的自订年谱至乾隆三十一年（1766）止，是年已是九十四岁。乾隆三十四年（1769）九月，沈德潜逝世，享年九十七岁。

三　沈德潜与复古诗派及其创造

沈德潜之倡格调本为纠王士禛神韵说之偏。沈氏所标举杜甫的"鲸鱼碧海"与韩愈（退之，768—824）的"巨刃摩天"可谓严羽所谓的"沈着痛快"一类，而王士禛的"不着一字，尽得风流""羚羊挂角，无迹可求"应属"优柔不迫"一类。沈氏并没有否定王氏之选，只觉有所不足，故而其《唐诗别裁集》乃在王氏"优柔不迫"的诗学基础上加入复古诗派所追求的"沈着痛快"的唐音。其后，沈氏之同年袁枚的性灵说则又为抗衡格调说而崛起为另一大诗派。性灵说就形式而言，袁枚提出"巧"与"妙"，即灵活风趣的艺术风格；就内容而言，着重"性情"与"灵机"。大体而言，就诗论来说，袁枚重天籁，沈德潜重人巧而不废天籁；性灵说是袁枚诗论的核心，其实在沈德潜的诗学理论中亦占有极重要的位置。这便是清初至中叶的三大诗派的基本要素及其关系。

当沈德潜以诗学为世人所知开始，便被视为明代格调派的传承者。明代的格调诗学之代表人物乃李攀龙，而代表格调诗学理念的则具体落实在其《古今诗删》中的"唐诗选"。故此，要研究沈德潜与明代复古诗派在诗学理念上的关系，可将沈德潜的《唐诗别裁集》与《古今诗删》中的"唐诗选"作比较研究，由此便可具体呈现两者之异同及承传关系。具体而言，从明末刊刻而显赫一时作为明代复古诗派理论具体实践的《古今诗删》中的"唐诗选"回顾整个明代诗坛的思潮与论争的症结所在，可以为活跃于清初至清中叶的沈德潜的诗学理论对当时诗坛论争的针对性作具体的背景探索。继而通过沈德潜对明代复古诗派的文学史观的讨论，借以凸显沈德潜作为清代格调派宗主对明代以前、后七子为首的格调派文学史观的突破。而其中再就李攀龙的"唐无五言古诗而有其古诗"的文学史观及其所引起的论争为切入点，作为具体的论述焦点，这样就更能清晰地体现沈氏的文学史观。

明代前、后七子的复古，所追求的是获取盛唐格调，这是就方法论上而言的，这样才有了文学史上著名的李梦阳与何景明二人关于诗法之争，而沈德潜则在"意"与"法"之间突破了明代复古诗派的文学史观及其在诗学方法论上的桎梏。沈德潜诗学理论中的"格调"与"温柔敦厚"这两个重要而又彼此紧密联系的诗学概念，既是一种诗歌风格，亦是一种创作的方法论。格调的追求可追溯至沈氏对明代李东阳（宾之，1447—1516）至前、后七子的"格调"说的传承与突破。其突破处，一方面可见于他在"格调"这一诗学概念方面的翔实而详细的论述，另一方面可见于他着力于对王士禛"神韵"说的纠偏，而袁枚指责沈氏"格调"为"空架子"[①]的攻击亦可让我们从另一角度透视沈氏对"格调"的理解。

沈氏用以相辅并济"格调"说的是回到传统儒家诗观的"温柔敦厚"。从清初至乾隆时代的文字狱、科举要求、大吏对诗教及盛世之音的鼓吹以至于官方编修的种种选本所透露出的对意识形态控制的信息，以探讨官方意识形态对沈氏诗论的影响。由沈氏诗论与清廷意识形态之间微妙关系的探索，所揭示的是诗学与权力之间的紧张关系。从诗论以至于诗评的整体检索，我们更能明了沈氏诗论与意识形态之间的关系真相。我们亟于揭示的是，作为诗论而言，怎样的作品才符合"格调"的要求？"格调"有什么不同的类别？如何唱出盛世之音？如何作"鲸鱼碧海""巨刃摩天"之音而不失"温柔敦厚"？怎样

---

① 袁枚著，顾学颉校点：《随园诗话》上册，人民文学出版社1998年版，第2页。

才是"温柔敦厚"？这些概念或早于复古诗派之前而出现，而在复古阵营中亦有不同的论争，而及至沈德潜则又将这些诗学概念或重新定位，或并举以作补充，从而形成了自己的一套诗学体系。

四 相关研究的评估

关于沈德潜的研究，最早的研究者是 1938 年吴兴华的《唐诗别裁书后》一文，刊载于《文学年报》第 4 期，只有两页。该文以文言文写成，对沈德潜在《唐诗别裁集》中的选诗列出五点商榷的地方，包括：一、未能免于穿凿附会；二、论诗必归于雅正而尽摒香艳之作，可谓矫枉过正；三、因尊韩文而以为韩诗优于柳诗，"不啻以矩作圆，以规画方"；四、尊古诗而以为其错综变化非绝律所能，而不懂绝律之优柔婉丽、一唱三叹，实为狭隘；五、虽称渊博而仍未能免于尊唐抑宋之窠臼。① 事实上，沈氏在治唐史的基础下诠释唐诗，非一般诗家可比；其摒香艳之作，自有其诗学主张；其大力提倡韩诗，乃其格调说不可或缺之内涵；至于律绝之优柔婉丽、一唱三叹，更是沈氏一再赞叹之所在。总的来说，此文仅为吴氏的印象式读后感而已，而非深入的研究。

对沈德潜的诗论有较为深入探讨的应是郭绍虞。在 1947 年出版的《中国文学批评史》一书中，郭氏指出沈德潜的诗论乃格调与温柔敦厚并重，此见可谓一锤定音。然而，郭氏只是将

---

① 吴兴华：《唐诗别裁书后》，《文学年报》1938 年第 4 期，收入《文学年报论文分类汇编》第 1 册，龙门书店 1969 年版，第 253—254 页。

沈德潜附于其师叶燮之后，篇幅极短，未能对沈德潜的诗论作深入的探讨。其实，郭氏早在1937年的6月及1938年的6月曾在《燕京学报》第22期与23期发表了《神韵与格调》与《性灵说》两文①，前者探讨了严羽（仪卿，1198—1241）诗论对明代前、后七子的格调说与王士禛神韵说的影响及两者可沟通之处，而后者又从明代公安派的袁宏道而论到清代的袁枚。前者并没提及沈德潜的格调说与明代复古诗派的格调说以及王士禛神韵说和严羽诗论的关系，而后者亦没有论及袁枚性灵说与沈德潜格调说的关系，即沈德潜的格调与袁枚的性灵有何沟通之处，虽然郭氏后来在其《中国文学批评史》一书中在讨论严羽、明代复古诗派以及王士禛的神韵说时略有提及，然终非就沈德潜的诗论内涵及其所面向的诗学问题而作出全方位的论述。

在日本，最早的研究沈德潜诗学是青木正儿（1887—1964）于1950年由岩波书店出版的《清代文学评论史》。② 然此书只是通论，对沈氏诗论或者格调说与神韵说及性灵说的论述均是点到即止而已。相对来说，另外一日本学者铃木虎雄（1878—1963）在1951年出版的《支那诗论史》，③ 则对格调、

---

① 见香港浸会大学图书馆微显资料，《燕京学报》1937年第21期，1938年第23期。郭绍虞的《神韵与格调》及《性灵说》两文后来辑成《中国诗的神韵、格调及性灵说》，1971年由香港的崇文书店出版；而台湾的庄严出版社在1982年亦重刊了此书。本书采用的是1971年的崇文书店版。

② 此书的中译本亦有两种。一为陈淑女翻译的《清代文学评论史》，由台北开明书店于1969年出版；二为杨铁婴所译，中国社会科学出版社1988年版。

③ ［日］铃木虎雄：《支那诗论史》，弘文堂书房1951年版。此书的中译本有两种，除了本书所引用由洪顺隆翻译，由台北商务书馆于1972出版的《中国诗论史》外，大陆学者许总翻译了此书，亦名为《中国诗论史》，由广西人民出版社于1989年出版。

神韵与性灵有颇多独到的见解。

1976年中国台湾学者吴宏一从其博士学位论文《清代诗学研究》中抽出讨论沈德潜的部分,以"沈德潜的格调说"为题,刊登于《幼狮月刊》第44卷第3期①。此文的特点是立论较为清晰,且对沈德潜格调说的后继者有所介绍。1978年,游国恩在其《居学偶记——沈氏德潜〈清诗别裁〉之谬妄》一文中指出沈德潜擅自篡改李来泰《荆公故宅》一诗,②因此而质疑其选诗标准。同年,香港学者苏文擢自资出版了《说诗晬语诠评》一书。此书广征博引,但对《说诗晬语》其中诗学概念的关系脉络以及沈德潜的整个诗学体系却未涉及。然而,此书充分突现诠评者在诗学上的卓识博学,对于研究《说诗晬语》者来说,确是难得的参考书。1981年台湾吴瑞泉以《沈德潜及其格调说》③为其硕士学位论文,该论文集中探讨沈德潜的格

---

① 吴宏一:《沈德潜的格调说》,《幼狮月刊》1976年第3期。

② 游国恩:《居学偶记——沈氏德潜〈清诗别裁〉之谬妄》,《文史》1978年第5期。李来泰原诗如下:"十年高卧此东峰,出处无端衅已丛。洛蜀党成终误国,熙丰法敝岂缘公。争墩已赋三山石,记里犹传九曜宫。漫向春风寻旧泽,史书功过亦蒙蒙。"李氏《荆公故宅》一诗原收入《莲龛集》,乃和郡守苏剑蒲《临川十咏》之一。原诗对王安石抱有同情之意,旨在质疑史书之论。然而在沈德潜《清诗别裁集》卷三中的李来泰《荆公故宅》却面目全非,与原意相去极远,《清诗别裁集》中李来泰之《荆公故宅》诗如下:"十年高卧此东峰,出处无端衅已丛。洛蜀党成疑误国,熙丰法敝竟缘公。争墩已赋三山石,记里犹传九曜宫。漫向春风寻旧宅,生平功过史书中。"(《清诗别裁集》第3卷,第60页)其实在《国朝诗别裁集序》中沈德潜便说明:"此系增减第一次本也。初番刻本,校对欠精,错误良多,甚有评语移入他篇者……玉南粤西江翻刻比初次刻本,错字尤多,识者自能鉴识。"(《清诗别裁集》,第2页)沈氏又在凡例中罗列出错别字,力求准确无误,可见其选诗标准极之严谨。即使沈不满李来泰对王安石的一生功绩的肯定而篡改李来泰的《荆公故宅》也大不可能,他大可不选此诗,或可选收抨击王安石的诗作,也犯不着在其选本中篡改此诗。

③ 吴瑞泉:《沈德潜及其格调说》,硕士学位论文,东吴大学中国文学研究所,1981年。

调说，然未能窥及其诗学全豹。

20世纪80年代开始，大陆学者开始重新研究沈德潜。其中以1981年敏泽的《中国文学理论批评史》对沈德潜的"温柔敦厚"与"格调"均有所论述，然对于两者之间的关系及渊源方面的探讨并未深入。① 同年，叶朗在《文学评论丛刊》第9辑发表《关于沈德潜诗论的两个问题》，此文围绕沈德潜与叶燮及王士禛的诗论作出比较分析，然其过于强烈的以意识形态的色彩作为批判沈德潜诗学的立论根据，则显得政治评判多于纯学术上的理性分析。② 更近乎漫骂叫嚣以至于人身攻击的是刘世南在1983年于《江西师院学报》发表的《沈德潜论》，此文从游国恩对沈德潜《清诗别裁集》中篡改李来泰一事而开始质疑其人格，进而以极为侮辱性的字眼贬抑沈德潜的创作及诗论，认为其创作与诗论均乃维护封建阶级的利益而已。③ 而在同年，中国台湾学者张健所著的《明清文学批评》一书在论述沈德潜的诗学理论时更是非常简略，不足以见沈氏诗学之大略。④ 相对来说，中国大陆学者王英志于1984年在《文学评论丛刊》第22辑发表的《沈德潜诗论精义述要》一文，⑤ 已开始肯定沈德潜诗论中有可取之处，从沈德潜对其师叶燮的诗论的承传出发，进而及于沈德潜本人的诗法剖析及温柔敦厚与格调的讨论，虽归结于不能因人废言，可始终又未脱明显的政治

---

① 敏泽：《中国文学理论批评史》，人民文学出版社1981年版，第904—913页。
② 叶朗：《关于沈德潜诗论的两个问题》，《文学评论丛刊》1981年第9辑。
③ 刘世南：《沈德潜论》，《江西师院学报》（哲学社会科学版）1983年第2期。
④ 张健：《明清文学批评》，国家书店有限公司1983年版，第174—179页。
⑤ 王英志：《沈德潜诗论精义述要》，《文学评论丛刊》1984年第22辑。

评判。

较为正面肯定沈德潜诗论成就的是由周秦与范建明合撰并于1984年发表在《学术月刊》的《沈德潜与叶燮》一文,该文探讨了沈德潜对叶燮诗学的传承,力证沈德潜并无违背叶燮诗论宗旨,这无疑是对叶朗一文的回应。① 同年《文学遗产》第2期发表了廖仲安所撰的《沈德潜诗述评》,该文对沈德潜在诗作上揭露时弊加以肯定,而对其温柔敦厚的笔法又不无鞭挞,然总的来说算是能以客观理性的态度研究沈德潜的诗歌创作的。②

1985年李锐清在《香港中文大学中国文化研究所学报》发表了《沈德潜"格调说"的来源及理论》一文,此文追溯沈德潜格调说的渊源,然未能发现沈德潜在选本中实有格调之说,而对格调的分析亦仅止于沈德潜的诗论,亦不见任何有关于严羽及明代前、后七子在格调说上的影响的论述,乃此文的缺失所在。③

1986年,中国台湾的林秀蓉以《沈德潜及其弟子诗论之研究》为其哲学硕士学位论文,该论文述及沈德潜的诗论,再探讨其弟子对其诗论的承传,此中不无新意。然限于要兼顾沈氏弟子方面的诗论,则不免削弱了对沈氏本人诗论的深入探讨④。同年,系统化地对沈德潜诗论作探讨的应是台湾学者胡幼峰所著的《沈德潜诗学探研》。此书以沈德潜的论诗宗旨出发,分别

---

① 周秦、范建明:《沈德潜与叶燮》,《学术月刊》1984年第6期。
② 廖仲安:《沈德潜诗述评》,《文学遗产》1984第2期。
③ 李锐清:《沈德潜"格调说"的来源及理论》,《香港中文大学中国文化研究所学报》1985年第16卷。
④ 林秀蓉:《沈德潜及其弟子诗论之研究》,硕士学位论文,高雄师范大学,1986年。

将沈德潜的诗论列作诗体论、创作论及风格论三大章,论述相当详细,且对沈德潜的生平有深入的考察,是当时研究沈德潜的较为深入的佳作。① 唯一可议的是,该书既未能与沈德潜诗论相关的共时性诗论,即如王士禛的神韵说、袁枚的性灵说进行分析;也未能在历时性方面如严羽诗论及明代前、后七子的格调说一并作出探讨。胡教授对沈德潜的研究锲而不舍,在1988年又于《古典文学》第10集发表了《试论〈唐诗别裁集〉编选之得失》②,这应是对《沈德潜诗论探研》一书的补缺。

20世纪90年代是沈德潜研究趋于严谨及以学术性为主导的年代。1990年,吴宏一发表了《沈德潜〈说诗晬语〉研究》一文,先是对此书的版本作考究,然后追溯其理论渊源,再回到《说诗晬语》一书的理论论析。③ 此文一如既往,论述具体清晰,是讨论《说诗晬语》时很好的参考资料。同样以《说诗晬语》为研究对象,朱自力的《说诗晬语论历代诗》一书则从《说诗晬语》一书中抽出沈德潜有关历代诗歌的评论,以朝代作区分,内再细分对不同诗体的论述,后面有朱氏自己的解说。此书的好处在于令人一目了然,对各朝代各诗体的评论,是研究《说诗晬语》者必备的参考书之一。④

1995年由邬国平与王镇远合撰的《清代文学批评史》一书

---

① 胡幼峰曾于1986年将《沈德潜的"创作论"》分作上、下发表于《中外文学》1986年第8期与第9期。
② 胡幼峰:《试论〈唐诗别裁集〉编选之得失》,《古典文学》1988年第10集。
③ 吴宏一:《沈德潜〈说诗晬语〉研究》,《"国立"编译馆馆刊》1990年第1期。
④ 朱自力:《说诗晬语论历代诗》,里仁书局1994年版。

有关沈德潜诗论的论述较为突出的是探讨了沈德潜"格调"与王士禛"神韵"的关系,①然亦未见深入。

1996年,香港中文大学中国语文及文学部研究生谭卓培所撰的毕业论文《沈德潜宋金三家诗选研究》探讨了沈德潜罕为人知的《宋金三家诗选》这一选本,这无疑是一种有趣的研究角度。然而对沈德潜晚年这一未完全评点完毕即逝世的选本,该论文未能窥及沈德潜的诗论核心;而且,"格调"与"诗教"之最高典范在沈氏诗论中乃唐诗或杜甫(子美,712—770)方为正宗,但谭氏在此却以"言格调"与"倡诗教"作为考察其尚未完成的宋诗选本的基准,确实颇值得商榷。而且,对于沈德潜诗论体系中"格调"与"诗教"这两个繁复多义的诗学概念的渊源及沈氏本人在这两个概念上的创变,谭氏并没有作出深入的发掘与阐释,便将之作为评诗基准,显然不妥。

1997年有两篇研究沈德潜的文章:一是吴兆路在《文学遗产》发表的《沈德潜"温柔敦厚"说新解》;二是霍有明收在《论唐诗繁荣与清诗演变》一书中的《论沈德潜的诗歌理论和创作》。前者肯定沈德潜"温柔敦厚"的诗论,而其选诗与评诗均不囿于温柔敦厚,并认为其创作与诗论均是对"儒家温柔敦厚诗教传统的突破和发展"②;后者则从沈德潜的诗论而论及其诗作,然两者之间有何关联并未述及,显得

---

① 邬国平、王镇远:《清代文学批评史》,上海古籍出版社1995年版,第432—451页。
② 吴兆路:《沈德潜"温柔敦厚"说新解》,《文学遗产》1997年第4期。

颇为突兀。①

从 1988 年以来已有人触及沈德潜的杜诗学。首先是许总在《明清杜诗学概观》中有述及，因其范围广泛，并未能对沈德潜的杜诗学有深入的探讨②。1994 年胡可先在《杜甫研究学刊》发表了《沈德潜杜诗学述略》一文，对杜诗学作为沈德潜诗学体系的重要组成部分作了充分的肯定③。袁志彬在 1995 年的《杜甫研究学刊》的第 3 期及第 4 期分别发表了《沈德潜及其杜诗论（上）》及《沈德潜及其杜诗论（续）》两文。这两篇文章相当详细地探讨到沈德潜评点杜诗，而却认为沈德潜对唐诗作法的剖析乃为令读者去再现唐代盛世的诗歌以满足乾隆之见，则难以令人信服。强将沈德潜诗论判定为政治服务，乃袁氏这两篇文章之不足。④

五　研究方法及章节安排

本研究从李攀龙所编选的《古今诗删》中"唐诗选"在明末至清中叶前备受争论的情况，作为考察明末至清中叶诗坛概况的途径，这有助于了解沈德潜所编选的六种选本时所面向的诗坛困境。透过他在选录诗人的取舍上、收录诗作的数量、作品体裁上的比重，以及对诗人及具体作品和对历代诗歌的评价，再透过相关选本的多重比较，这样便能凸显沈氏选本的独

---

①　霍有明：《论沈德潜的诗歌理论和创作》，《论唐诗繁荣与清诗演变》，中国社会科学出版社 1997 年版，第 179—190 页。
②　许总：《明清杜诗学概观》，《文学遗产》1988 年第 6 期。
③　胡可先：《沈德潜杜诗学述略》，《杜甫研究学刊》1994 年第 1 期。
④　袁志彬：《沈德潜及其杜诗论（上）》，《杜甫研究学刊》1995 年第 3 期；袁志彬：《沈德潜及其杜诗论（续）》，《杜甫研究学刊》1995 年第 4 期。

特性,以及选本所体现的诗观与理论层面之间所引发的张力,这样由理论的理解与阐释而剑及于具体的批评,由理论到实践,这样我们便更能全面地理解沈氏对明末以来诗坛所面对的问题及其具体回应及补济方法。

以上的研究,乃从选本角度论述沈德潜与明代复古诗派的诗学联系,及其所面对的诗学问题所作出的具体回应。此中重点在研究视角与资料运用上的独到之处,此中包括运用日本文化六年(1809)出版的由沈德潜编选的《杜诗偶评》,沈德潜的六种选本,此中包括其所编选而罕见的《宋金三家诗选》,由锺惺(伯敬,1574—1625)、谭元春(友夏,1586—1637)合编并于明万历四十五年(1617)刊行的闵氏朱墨蓝三色套印本《诗归》(香港大学冯平山图书馆特藏),以及光绪九年(1883)由翰墨园重刊的由王士禛编选、胡棠(生卒年不详)笺注的《唐贤三昧集笺注》(香港中文大学新亚图书馆特藏)。由此可见本研究在选本应用上的艰难与独创之处。而本研究从沈德潜的个案研究,辐射到了明清诗学,扩而广之即俯瞰了整个中国诗学的问题。

第一章是为导论。第二章从"格调"诗学理论的起源及其对前七子中李梦阳与何景明的相关论争开始作历史性的考察,下及沈德潜对"神韵""格调"及"性灵"的会通。第三章具体论述沈德潜对后七子领袖李攀龙诗学理念的传承与批判。第四章则论述沈德潜在其格调诗学体系中融入"温柔敦厚"此传统儒家诗学概念。以上种种,凸显了沈德潜作为一代宗师所自觉秉持的诗学使命。第五章则全面检讨、疏理沈德潜所编选的所有诗学选本所体现的与前人的对话、纠偏,及其自成诗学系统之所在。

第二章

格调的追求：沈德潜对明清诗学的传承与突破

一 前言

一般文学批评史均认为清代的沈德潜远承明代的前、后七子而成清代格调说的宗师。① 事实上，沈德潜的论诗专著《说诗晬语》中并没有"格调"一词，但在其诗选的评点中却有三次将"格调"并提。② 当然，沈德潜之诗学确实源自前、后七子，在格调说上亦自是一脉相连。然而，格调派在文学批评史上所得到的评价大都是负面消极的。有论者指出整个明代诗歌作品中体现创造性自我的才情总是窒息与毁灭在拟古格调的禁锢之中。③ 在此，"格调"等同于"拟古"，与"创造"是相对

---

① 李锐清指出最早称沈德潜为格调派的人是袁枚，见李锐清《沈德潜"格调说"的来源及理论》，《香港中文大学中国文化研究所学报》1985年第16卷。
② 例如，评李白《宣州谢朓楼饯别校书叔云》中旁批："此种格调，太白从心化出。"见沈德潜《唐诗别裁集》，中华书局1975年版，第92页。评李攀龙《和许殿卿春日梁园即事》时批："三句一韵，末三句缠联而下，格调甚新。"见沈德潜《明诗别裁集》，中华书局1977年版，第85页。评缪沅《房中诗》时批："语语用韵，两韵一转，格调得自嘉州。"见沈德潜《清诗别裁集》，中华书局1977年版，第385页。
③ 沈检江：《明诗拟古主潮：格调禁锢下才情的毁灭》，《学习与探索》1995年第1期。

立的。至于沈德潜的诗学,则又被论者批评为"束缚作家创作的落后的文学主张""把诗的意境和风格限制得十分狭窄",是"束缚作者思想才智的一副镣铐""宣扬封建诗学的复古主义和教条主义的"①;甚至有"道学的色彩"②之评。刘若愚则指出"格调"有"韵律规则"的意思。③ 20世纪90年代,由袁震宇、刘明今所撰写的《明代文学批评史》指出"格调"可分为两类,其一是外在形式的体裁、句法、音韵、声律等问题;其二是指向形容诗歌内在的气度、意蕴。④ 然而在论述前、后七子的文学主张时,却不见对"格调"有更深入而全面的探讨。综观以上对明代以前、后七子为首的复古诗派的格调说以至清代沈德潜的格调说的论述,无论是从偏狭的政治立场而发的抨击,还是因袭前人的偏见与片言只字,均无足于认识风靡明中叶至清初诗坛的格调说。

究竟沈德潜是怎样理解"格"与"调"的呢?两者之间又是怎样的关系呢?沈氏的格调说与明代格调说在内涵及性质上有何不同?具体而言,沈德潜在"格调"说上有何突破?沈德潜又是如何处理"格调""神韵"与"性灵"三者之间关系的呢?以下将先着手检溯格调说从明代李东阳至前、后七子再下及清代沈德潜的演化过程,然后再重点阐述沈德潜如何在明代以来格调说的基础上作出传承与突破,又是如何转化性灵、汇通神韵,以建构其集大成的诗学。

---

① 叶朗:《关于沈德潜诗论的两个问题》,《文学评论丛刊》1981年9辑。
② 龚显宗:《历代诗话析探》,复文图书出版社1990年版,第157页。
③ 刘若愚:《中国文学理论》,杜国清译,联经出版公司1981年版,第188页。
④ 袁震宇、刘明今:《明代文学批评史》,上海古籍出版社1991年版,第18—19页。

二 格调说渊源述略

文学批评史上对"格调"的渊源皆有不同的见解。郭绍虞（希汾，1893—1984）与袁行霈等人均认为源于南宋严羽的《沧浪诗话》，① 而萧华荣则认为格调说的真正奠立者要归功于明代的李东阳。② 若说"格调"源于严羽的诗论，那亦只是诗学思想上宗法汉、魏、晋、盛唐之说的影响而已，而最早提出格调一词者既非南宋的严羽，亦非明代的李东阳。在诗学上具有与"格调"相近的概念，最早可追溯至盛唐诗人王昌龄（少伯，698—约757），在传为其所作的《诗格》中便有：

> 凡作诗之体，意是格、声是律。意高则格高，声辨则律清，格律全然后始有调。③

"意"亦即思想内容，即王氏所谓的"格"，而"声"便是形式结构的"律"，合称为"格律"。值得注意的是王氏说"格律全然后始有调"，即是说"调"之优劣与否乃奠基在格律是否配称得当的条件上。殷璠（生卒年不祥）在其诗选《河岳

---

① 郭绍虞：《中国文学批评史》，上海古籍出版社1988年版，第541—542页；袁行霈、孟二冬、丁放：《中国诗学通论》，安徽教育出版社1994年版，第943页。
② 萧华荣：《中国诗学思想史》，华东师范大学出版社1996年版，第240页。
③ 王昌龄：《论诗境》，陈良运等主编《中国历代诗学论著选》，百花洲文艺出版社1995年版，第231页。

英灵集叙》中亦有"贞观末,标格渐高。景云中,颇通远调"之语①;而在论储光羲(77—760)诗有"格高调逸"②之评。僧皎然(720—？)在其《诗式》中亦评谢灵运(385—433)之诗为"格高""调逸"③。"格高调逸"均为殷璠与皎然共同提出的诗学理念,似是当时较为常见的批评术语。及至南宋,刘克庄(潜夫,1187—1269)在其《江西诗派小序》中说:"国初诗人如潘阆、魏野,规规晚唐格调,寸步不敢走作",而后来黄庭坚(鲁直,1045—1105)时却独能"会萃百家句律之长,穷极历代体制之变""自成一家"④。这跟后来明代前、后七子所追求的"盛唐格调"的诗学理念极为接近。然而在刘克庄整篇《江西诗派小序》中,只有此处提及"格调",且亦未有深入的阐释,可见刘氏并非如后世诗学批评家般有意识地以"格调"作为一诗学概念。

真正将"格调"作为诗学理念并给予具体阐释的,乃明代的李东阳。李东阳何以倡格调呢？《四库全书总目》有以下的一段文字:

> 李、何未出以前,东阳实以台阁耆宿,主持文柄,其论诗主于法度音调,而极论剽窃模拟之非,当时奉以为宗。至李、何既出,始变其体,然赝古之病,适中其所诋

---

① 王昌龄:《论诗境》,陈良运等主编《中国历代诗学论著选》,百花洲文艺出版社1995年版,第257页。
② 同上书,第260页。
③ 皎然著,周维德校注:《诗式校注》第1卷,浙江古籍出版社1993年版,第17页。
④ 丁福保编:《历代诗话续编》上册,中华书局1983年版,第487页。

第二章　格调的追求：沈德潜对明清诗学的传承与突破

词，故后人多抑彼而伸此。①

由此可见前七子中的李梦阳、何景明与李东阳在诗论上的传承关系及彼等对李氏格调说之衍变所在，亦明确地指出了李、何之为人所诟病处，正是其师李东阳昔日所抨击别人的"赝古"。究竟李、何是不是一味以"赝古"为尚？彼等的"复古"是不是就等同于"赝古"或"模拟"？彼等以格调作为复古的理想的背后动机何在？关于以上的连串疑问，我们可先从以下的一段文字开始进入探索。《明史》中有如下记载：

> 弘治时，宰相李东阳主文柄，天下翕然宗之，梦阳独讥其萎弱。②

李东阳乃李梦阳的老师，何以他竟然"独讥"其师的"萎弱"呢？这与他及前七子的复古诗学理念的产生究竟有何关系呢？当时，在以李东阳为首的"茶陵诗派"之外，还有以陈献章（公甫，1428—1500）与庄昶（孔旸，1437—1499）为代表的"性气诗派"。③ 杨慎（用修，1488—1599）曾指出：

> 弘治间，文明中天，古学焕日。艺苑则李怀麓、张沧

---

① 永瑢等撰：《四库全书总目》下册，中华书局1987年版，第1792页上。
② 张廷玉等撰：《明史》第24册，中华书局1974年版，第7348页。
③ 陈献章与庄昶为首的"性气诗派"乃茶陵派外，复古诗派当时所要抗衡的一派。彼等推崇宋代邵雍《击壤集》，写诗多以性理为宗，"诗风流易，且多有俚词鄙语"，与重"情"、重"兴象"的复古派有很大的冲突。见陈书录《明前后七子研究》，江西人民出版社1994年版，第9页；另可参阅袁震宇、刘明今《明代文学批评史》，上海古籍出版社1991年版，第74—77页。

州为赤帜，而和之者多失于流易。山林则陈白沙、庄定山称白眉，而识者皆以为傍门。至李、何二子出，变而学杜，壮乎伟矣。①

杨慎在此勾勒出当时几个诗派的关系，即是以李东阳为首的"茶陵诗派"乃占诗坛的主导地位，但末流则"失之流易"；相对来说，"性气诗派"在其眼中则乃"傍门"而已；而以李梦阳与何景明为首的前七子，便是在这种情况下的诗坛崛起，彼等以学杜诗而自成一派，故而获杨慎"壮乎伟矣"之赞叹。然而，李梦阳对于"茶陵诗派"与"性气诗派"这两个在当时具有极大影响力的诗派均表达了极大的不满，在《缶音序》中他这样指斥"性气诗"：

今人有作性气诗，辄自贤于"穿花蛱蝶、点水蜻蜓"等句，此异于痴人前说梦也。②

然而，以李梦阳为首的前七子所面对的最大挑战显然来自于身居要位的李东阳及其所领导的"茶陵派"。③《明史》记：

刘瑾入司礼，东阳与健、迁即日辞位。中旨去健、

---

① 杨慎著，杨文生校笺：《杨慎诗话校笺》，四川人民出版社1990年版，第100—101页。
② 李梦阳：《缶音序》，《空同集》第52卷，上海古籍出版社1991年版，第477—478页。
③ 关于前七子与李东阳及"茶陵派"的关系，廖可斌分别从政治及文学对他们的关系作出厘析。详见廖可斌《复古派与明代文学思潮》上册，文津出版社1994年版，第147页。

迁……惟东阳少缓,故独留……东阳悒悒不得志,亦委蛇避祸。①

纵使在其间李东阳亦营救过不少人,然而其懦弱的作风已大失天下人所望,甚至有门生上书:"勤其早退,至请削门生籍。"② 李东阳在政治上的懦弱亦必令在政治上以鲠直著称的李梦阳大失所望。③ 李梦阳在《朝正倡和诗跋》中满带慨叹地说诗歌"大盛于弘、治,且古学渐兴,而自正德丁卯之变后,缙绅罹惨毒之祸。士大夫皆畏以言入罪,昔日诗友均飘零他乡"。④ 在《凌谿先生墓志铭》中李梦阳指出顾璘(华玉,1476—1545)、刘麟(元瑞,1474—1561)、徐祯卿以及朱应登这些名士因为在文学上的"笃古"而遭执政者压制。新晋的文学士眼见"柄文者"承袭常方,工雕浮靡丽之词,取媚于时眼,而嘲之曰"卖平天冠者";而"柄文者"的回应则是令凡号称文学士者不获列于清衔。⑤ 在刘瑾(1451—1510)未掌权前的正德元年(1506),李梦阳所写的一首诗中则极为推崇李东阳扭转台阁体萎靡诗风之功,⑥ 然而李东阳在政治上委蛇依

---

① 张廷玉等撰:《明史》,中华书局1974年版,第4822页。
② 同上书,第4823页。
③ 李梦阳在政治上先是因得罪国丈张鹤龄而下狱,及后又因谋替尚书韩文草奏折劾刘瑾而几遭杀身之祸。由此二例可见他的政治立场与李东阳是截然不同的。详见同上书,第286卷,第7346—7348页。
④ 李梦阳:《空同集》第59卷,上海古籍出版社1991年版,第543—544页。
⑤ 李梦阳:《空同集》第47卷,上海古籍出版社1991年版,第429页。清人陈田(松山,1849—1921)认为指的是李东阳,其实应该是指以李东阳为首的阁臣。见陈田《明诗纪事》第2册,上海古籍出版社1993年版,第1136页。
⑥ 一般论述均认为李东阳在纠"台阁体"的流弊上未竟全功。见李东阳著,周寅宾点校《李东阳集》第1卷,岳麓书社1983年版,第7页。

附刘瑾，导致了李梦阳对他的态度有所转变。事实上，李东阳的一连串举措均令人相当困惑，甚至不满。例如，当李梦阳在上疏弹劾刘瑾而被下狱行将处决之际，亦不见作为老师的李东阳营救。而当铲除刘瑾及其党羽后，李东阳竟又将曾向刘瑾求免李梦阳一死的前七子中的康海免官，罪名是坐与刘瑾同乡。坐同乡之罪何异于"莫须有"？关于康海被李东阳罢免，李贽（宏甫，1527—1602）认为，以李东阳为首的阁臣不满康海在史馆中对阁臣文章的不敬而借故将他铲除。① 这是极有可能的，李梦阳便曾道出阁臣对复古派中人的不满。② 由此可见，从政治而及于文学，李梦阳与康海及复古诗派中人与李东阳的冲突是非常明显的。在李、何等人眼中，李东阳的"萎弱"不仅是文学上，甚至是政治上、人格上的。李、何等人在政治上的失路已无可挽救，然而取代彼等眼中"萎弱"的李东阳及其在文坛上的地位则是可期的③，故而倡言"文必秦汉，诗必盛唐"④。而"格调说"即为彼等颠覆"萎弱"的李东阳的切入点。

在梳理了格调说在明代出现的背景后，以下具体探讨的是李东阳、复古诗派对格调说的不同表述，然后再下及论述沈德

---

① 李贽：《修撰康公海》，《续藏书》第 26 卷，学生书局 1986 年版，第 500 页。
② 李梦阳：《论学（下篇第六）》，《空同集》第 66 卷，上海古籍出版社 1991 年版，第 605 页。
③ 相关论述可参阅陈书录《明代前后七子研究》，《中国典籍与文化》1995 年第 2 期；参阅马茂元《晚照楼论文集》，上海古籍出版社 1981 年版，第 198 页。
④ 《明史》，第 7348 页。李梦阳曾说："西京之后，作者勿闻矣。"见李梦阳《空同集》，第 66 卷，第 602 页。何景明在《海叟诗序》中亦说："学歌行近体，有取于二家（李白、杜甫），旁及初盛唐诸人，而古作者必从汉、魏求之。"见蔡景康编选《明代文论选》，人民文学出版社 1993 年版，第 117 页。

潜对明代格调说的继承与突破。

三 格调与诗歌中"乐"的关系

在《麓堂诗话》中李东阳说：

> 诗必有具眼，亦必有具耳。眼主格，耳主声。闻琴断，知为第几弦，此具耳也；月下隔窗辨五色线，此具眼也。费侍郎廷言尝问作诗，予曰："试取所作未见诗，即能识其时代格调，十不失一，乃为有得。"①

这是从感官方面而言"格调"，"眼主格，耳主声"，即是从视觉与听觉而论格调的。从其象喻中，我们更清楚地知道，从听觉辨别音调要能知琴断为第几弦，从视觉方面而言，要能在相当局限的距离及光线底下（"月下隔窗"）而能辨五色线，才能达到李氏所称的"具耳"与"具眼"的鉴识能力。从诗学方面而言，具耳者能辨诗的音调，而具眼者即能辨诗的结构与脉络。具备眼、耳两方面的高条件者方能准确地辨别诗歌的时代格调，方为识诗之人。至于所谓的"时代格调"，即是说每个时代都有不同的"格调"，然而他并没有区分"时代格调"的高下。

李氏又以《诗经》论诗歌中"乐"的成分的重要性：

> 诗在《六经》中别是一教，盖亦艺中之乐也。乐始于

---

① 丁福保编：《历代诗话续编》下册，中华书局1983年版，第1370页。

诗，终于律，人声和则乐声和。又取其声之和者，以陶写情性，感发志意，动荡血脉，流通精神，有至于手舞足蹈而不自觉者。后世诗与乐判而为二，虽有格律，而无音韵，是不过为排偶之文而已。使徒以文而已也，则古之教，何必以诗律为哉？①

这是说，《诗经》在《六经》中的独特之处，正在其具备音乐的元素；而诗正须具备音乐性这种特质方能称为诗，这亦是诗与文的分别所在。在他眼中，有格律而无音韵的诗，只不过是"排偶之文而已"。继而，他又指出诗与乐的关系，音乐乃源于诗，这里的诗应是指《诗经》，因为他接着说乐终于律体：

> 后世诗与乐判而为二，虽有格律，而无音韵，是不过为排偶之文而已。②

由此可见，"乐"在李氏诗学中的重要性。而李氏却说诗中音乐的和谐乃来自人声的和谐。由于对诗歌的音乐成分的重视，故此在诗歌创作上，李东阳对声韵是有所选择的，只取"声之和者"入诗。假如只取"声之和者"，即只限于和平之音，那又何异于台阁体的一味歌咏升平呢？而李东阳只取"声之和者"入诗这一点正是前、后七子不满李东阳之所在，容后再论。李东阳更在五声中分辨优劣，他说：

---

① 丁福保编：《历代诗话续编》下册，中华书局1983年版，第1369页。
② 同上书，第1370页。

第二章 格调的追求:沈德潜对明清诗学的传承与突破

> 诗有五色,全备者少,惟得宫声者为最优,盖可以兼众声也。李太白、杜子美之诗为宫,黄钟为角,大蔟为征,沽洗为羽。①

五声中宫声最佳,而李白(太白,701—762)与杜甫的诗便是宫声的表现。而由声调中,则可见时代格调:

> 今之歌诗者,其声调有轻重清浊长短高下缓急之异,听之者不问而知其为吴为越。汉以上古诗弗论,所谓律者,非独字数之同,而凡声之平仄,亦无不同也。然其调之为唐为宋为元者,亦较然明甚。此故何耶?大匠能与人规矩,不能使人巧。律者,规矩之谓,而其为调则有巧存焉。苟非心领神会,自有所得,虽日提耳而教之无益也。②

李东阳在这里将"歌诗"并举,可见其格调说具有可歌唱的含意。而调的不同,又可辨其地域之所在。除了汉以上的古诗,由律诗的声调即可辨其时代格调。另外,声韵可辨时代格调,就在于严辨诗体,李东阳认为:

> 古诗与律不同体,必各用其体乃为合体。然律可间出古意,古不可涉律。③

---

① 丁福保编:《历代诗话续编》下册,中华书局1983年版,第1373页。
② 同上书,第1379页。
③ 同上书,第1369页。

他又如此论及音响与格调的关系：

> 长篇中须有节奏，有操有纵，有正有变。若平铺稳布，虽多无益。唐诗类有委曲可喜之处，惟杜子美顿挫起伏，变化不测，可骇可愕，盖其音响与格律正相称。回视诸作，皆在下风，然学者不先得唐调，未可遽为杜学也。①

李氏指出杜诗长篇之高在于"音响与格律正相称"，亦即是说，不同的诗体有不同的音响与之相配称，只有配称得当，方为格调之正宗。李氏指出，在唐诗中以杜诗之格调为最高，其他诸作皆不及。然而，若要学得杜诗的格调，却必先从其他唐调着手。由此可见，杜诗乃最先被李东阳奉为格调说的典范，从而杜诗亦成为后来前、后七子以至沈德潜等格调派所推崇的模仿对象，而有关杜诗的讨论亦构成明、清诗学理论的重要组成部分。②

同样，前七子领袖李梦阳论诗亦重歌者心畅，听者动容，他说：

> 诗至唐，古调亡，然自有唐调可歌咏，高者犹足被管弦。宋人主理而不主调，于是唐调亦亡。黄、陈师法杜甫，号大家。令其词艰涩，不香色流动。……夫诗，比兴

---

① 丁福保编：《历代诗话续编》下册，中华书局1983年版，第1373页。
② 许总指出："由'格调'出发推尊杜诗中声调之高昂与音节之变化进而以'法'为中心力图探求，概括其规则所在，也是明清杜诗学的重要特点之一。"见许总《明清杜诗学概观》，《文学遗产》1988年第6期。

错杂，假物以神变者也，难言不测之妙。①

李梦阳认为，诗歌发展至唐代，古调虽亡，然仍有唐调，可歌咏，可被诸管乐。然而他所谓的调已不同于李东阳讲求的宫声，他直斥宋诗之弊，并相对地突出了唐诗的音乐性。虽然李梦阳与李东阳两人对诗的音乐性特质的肯定是一致的，而李梦阳则更是从诗的音乐性着眼而区分唐调、宋调。在李梦阳来说，唐诗"可歌咏""高者犹足被管弦"，而可被于管弦的诗有如下特征：

感触突发，流动情思，故其气柔厚，其声悠扬，其言切而不迫，故歌之心畅闻之者动也。②

这便是李梦阳对格调说寄予的诗歌理想。这样的诗歌可以说是抒情传统的发挥。作为与江西诗派的主理不主调的区分，他更强调比、兴的技巧。更为重要的是其"感触突发，流动情思"的提出，强调情感必须是真挚的，亦只有真挚的情感与流动的情思，方能达至歌者心畅、闻者动容的境界③。而要使歌者与听者均达致抒情境界的诗歌乃"其气柔厚，其声悠扬，故言切而不迫"。在其眼中，宋代江西诗派的黄庭坚与陈师道（履常，1053—1101）师法杜甫的"理"（议论方面）而失其

---

① 李梦阳：《缶音序》，《空同集》，上海古籍出版社1991年版，第477页。
② 同上书，第477页。
③ 关于李梦阳的"情真"观念的论述，可参阅侯毓信《略论李梦阳的"情真"说》，《古代文学理论研究》1985年第10辑，以及简锦松《论明代文学思潮中的学古与求真》，《古典文学》1986年第8集。

调（音乐性），故而"令其词艰，不香色流动"，自然就不能被管弦或歌咏了。而主理与主调的分别亦可说是一重议论，一重抒情。在《潜虬山人记》中，他再次指出宋诗的不足：

> 夫诗有七难：格古、调逸、气舒、句浑、音圆、思冲，情以发之。七者备而后诗昌也，然非色弗神，宋人遗兹矣。①

具备七种要素的诗当然是其眼中的盛唐诗。"格古""调逸"是诗七难之首，而"情"是作为启动这七种标准而达致贯通的关键，这与上述"流动情思"之说是一致的。在其眼中，盛唐诗中七种要素兼备的典范，首推杜诗。

沈德潜亦从古诗、《苏李》《十九首》谈起，指出创作者应有不能不抒发的情感方才有真诗。他又以绝句为例，从听者的角度对诗的声调提出要求：

> 绝句，唐乐府也。篇止四语，而倚声为歌，能使听者低徊不倦。旗亭伎女，犹能赏之，非以扬音抗节，有出于天籁者乎？着意求之，殊非宗旨。②

这是强调要照顾到听者的感觉，而且又不限于李梦阳所指的文人学子，就是要求普罗大众也能欣赏。由此可见，沈德潜

---

① 李梦阳：《空同集》第48卷，上海古籍出版社1991年版，第446页。
② 沈德潜：《说诗晬语》，叶燮、薛雪、沈德潜著，霍松林、杜维沫校注：《原诗 一瓢诗话 说诗晬语》（本书所引《说诗晬语》皆出自此书，以下此书写《原诗 一瓢诗话 说诗晬语》），人民文学出版社1979年版，第219页。

要求诗歌的调应注意作者及听者两方面。作者必须情真，故"长言短歌，俱成绝调"，而其调又必须"无急言竭论""使听者油油善入，不知其然而然""优柔善入"①。要求悦耳，定必强调诗的音乐性，沈氏说：

> 诗三百篇，可以被诸管弦，皆古乐章也。汉时诗乐始分，乃立乐府。安世房中歌，系唐山夫人所制，而清调、平调、瑟调，皆其遗音，以"南"与"风"之变也。朝会道路所用，谓之鼓吹曲，军中马上所用，谓之横吹曲，此"雅"之变也。武帝以李延年为协律都尉，司马相如诸人略定律吕，作十九首之歌，以正月上辛用事，此"颂"之变也。汉以后因之，而节奏渐失。②

以上沈氏乃从诗歌演变史上对《诗经》至汉诗作了具体分析，从而梳理出诗歌中"乐"的成分之消失。同样，他又指出后七子领袖李攀龙不谙声律之变而强作模拟。③即是说，在模拟之前应先深入认识传统及其演变，否则根本连皮相亦学不到，遑论复古。这一点正是复古诗派之要害，亦乃沈德潜之突破处。

除却重视诗歌之音乐性，沈德潜论格调较诸李东阳与复古诗派更为深入具体之处，在于他从用韵、转韵以至于声韵与诗体的关系皆有详细述及：

---

① 沈德潜：《说诗晬语》，《原诗 一瓢诗话 说诗晬语》，人民文学出版社1979年版，第199、206页。
② 同上书，第197—198页。
③ 同上书，第198页。

> 转韵初无定式，或二语一转，或四语一转，或运转几韵，或一韵叠下几语。大约前则舒徐，后则一滚而出，欲急其节则其节拍以为乱也。此天机自到，人工不能勉强。①

> 汉五言一韵到底者多，而《青青河边草》一章，一路换韵，联折而下，节拍甚急；而"枯桑知天风"二语，忽用排偶承接，急者缓之，是神化不可到境界。②

沈德潜更深入探讨了调与不同诗体在创作中的关系：

> 歌行转韵者，可以杂入律句，借韵以运动之，纯绵裹针，软中自有力也。一韵到底者，必须铿金锵石，一片宫商，稍混律句，便成弱调也。不转韵者，李杜十之一二，李如《粉图山水歌》，杜如《哀王孙》、《瘦马行》类。韩昌黎十之八九，后欧苏诸公，皆以韩为宗。③

歌行的转韵与一韵到底有所不同。转韵的可杂入律句，韵是贯通全篇的元素，而一韵到底的诗必须音节响亮，混入律句，反降其调，因而他指出：

> 血脉动荡，首尾浑成。后人只于全篇中争一联警拔，取青妃白，有句无章，所以去古日远。④

---

① 沈德潜：《说诗晬语》，《原诗 一瓢诗话 说诗晬语》，人民文学出版社1979年版，第209页。
② 同上书，第200页。
③ 同上书，第211页。
④ 同上书，第216页。

他又具体地从诗歌创作中论及"格"与"调"的配合。他以歌行为例,认为起步宜高唱,"以下随手波折,随步换形",收结处须:

> 纡徐而来,防其气促,不妨作斗健语以止之;一往峭折者,防其气促,不妨作悠扬摇曳语以送之,不可以一格论。①

如此具体深入探讨"格"与"调"之间在诗歌创作中的关系,并拓阔这一诗学概念的内涵,乃沈德潜对明代复古诗派格调说之拘于"模拟"框框的其中一项突破。而其洞悉诗史之演变,并能通达地看待诗学问题,更是高举"诗必盛唐"的前、后七子毕生所未能达致的境界。

四 诗法之争及其突破

1. 李东阳的诗法

李东阳之所以提出"格调"说,是有感于当时诗坛因模拟古人而失去创造活力的衰颓现象,他说:

> 今泥古诗之成声,平仄短长,模仿而不敢失,非惟格

---

① 沈德潜:《说诗晬语》,《原诗 一瓢诗话 说诗晬语》,人民文学出版社1979年版,第208—209页。

调有限，亦无以发人之情性。①

他又具体地抨击明初诗坛中人林鸿（子羽，约 1368—?）《鸣盛集》的专学唐与袁凯（景文，生卒年不详）《在野集》的专学杜的模拟现象。②林鸿与袁凯在明初皆享负盛名，名家尚且如此，其他诗人之作的水平更是可想而知的了。可见明初模拟之风的炽盛，正是李东阳所欲纠正之所在。在《镜川先生诗集序》中他再指出当时诗坛的流弊在止于模仿古人，就连学两汉诗亦不复得见，更严重的是时人循规逐矩，尺寸古人，失去创作者的个人面目，"纵使似之，亦不足贵矣"③。为此，他提出如下的补救方法：

作诗不可以意徇辞，而须以辞达意。辞能达意，可歌可咏，则可以传。④

亦即是说，意在辞先，辞是传情达意的工具，不可因袭古人字句而矜能，最主要应是有个人的情感在其中，而又可歌可咏，必可传之久远。在《麓堂诗话》中他再论时随世易，今人不可肖似古人，亦绝不可能肖似古人。在此，李氏可谓指出了诗歌复古的困难。因为地域所限而产生"音殊调别"的先天限制，后人又怎能超越时代、土壤而达至诗歌上的"复古"呢？而且，尺寸模拟古诗，不但局限了诗的"格调"范围，亦不能

---

① 丁福保编：《历代诗话续编》下册，中华书局1983年版，第1370页。
② 同上书，第1374页。
③ 蔡景康选：《明代文论选》，人民文学出版社1993年版，第87页。
④ 丁福保编：《历代诗话续编》下册，中华书局1983年版，第1373页。

自然地发挥个人的性情。① 由此可知，对李东阳来说，格调与模拟是对立的，模拟对格调来说是一种桎梏，其格调说是为纠正当时陷于模拟剽窃的诗坛而提出的一套具体而富创造性的诗学方法。

然而，以李梦阳与何景明为首的前七子却是以复古为己任，复古对他们而言不止于诗歌，而是冀望借文学之复古而达至政治上的回归秦、汉、盛唐之盛世。② 亦因此故，他们所倡的格调说与诗学方法论当然与李东阳大异其趣了。

2. 李、何的诗法之争

李梦阳与何景明两人的诗法之争的焦点即在于"模拟"的"规矩"。杜诗在李梦阳以及复古诗派看来，都是诗歌的极则与模拟的理想对象，然而何景明却有截然不同的见解，在其《明月篇序》中何氏这样指出杜诗的不足：

> 仆始读杜子七言诗歌，爱其陈事切实，布辞沉着。鄙心窃效之，以为长篇圣于子美矣。既而，读汉魏以来歌诗及唐初四子者之所为。而反复之，则知汉魏固承三百篇之后，流风犹可征焉。而四子者虽工富丽，去古远甚，至其音节，往往可歌。乃知子美辞固沉着，而调失流转；虽成一家语，实则诗歌之变体也。③

---

① 丁福保编：《历代诗话续编》下册，中华书局1983年版，第1383页。
② 有关前七子的复古理念与政治之间的关系的论述，可参简锦松《明代文学批评研究》，学生书局1989年版，第19—84页。
③ 何景明著，李淑毅等点校：《何大复集》，中州古籍出版社1989年版，第210页。

何氏所重的亦是诗歌的音调，他认为四子（初唐四杰）之诗在格方面虽与古诗相去甚远，然往往仍可以歌咏；杜诗在辞方面虽近古诗之沉着，然而"调失流转"，即诗歌音节不能抑扬合度，故而未能如四子的诗歌般可以歌唱。这与李东阳之以杜诗为五声中之宫声的观点是截然不同的。由此可见，在"格"与"调"之间，何氏显然较重诗的"调"方面。明白这一点，我们便可理解何以李梦阳指斥何氏诗中有"俊语亮节"①之偏，因为何氏所偏重的是古人诗歌中之"调"，因此他未若李氏般重模拟古诗之"格"②；而亦因此故，李氏才指斥他歪离古人诗歌法则而急于自成一家，而他则讥讽李氏之作"高者不能外前人"。③这样的区分并非是李、何二人的原来主张，只是两人相互比较之下所出现的各有所侧重而已。其实李氏在理论上是"格""调"并重，他重视诗歌中的音乐成分，认为诗歌中可被诸管乐的"调"是唐、宋诗之别。然而，何景明却暗讥其诗往往予人以"杀直"④的感觉。

李氏强调的是诗歌创作的法则尽在古人，古人的创作法则如"物之自则"，故而说"今人法式古人，非法式古人也，实

---

① 李梦阳：《驳何氏论文书》，郭绍虞编《中国历代文论选》第3册，上海古籍出版社1990年版，第48页。

② 关于明人在"格"与"调"上的取向，可参萧华荣《中国诗学思想史》，华东师范大学出版社1996年版，第238—239页。其实，宋人之所以"主理不主调"而造成宋诗生涩而不滑熟的艺术特色，一方面与宋代理学的盛行有关，另一方面则是为了突破唐人的艺术成就而别创一格。

③ 郭绍虞主编《中国历代文论选》第3册，上海古籍出版社1990年版，第38页。

④ 何景明：《与李空同论诗书》，郭绍虞主编《中国历代文论选》第3册，上海古籍出版社1990年版，第37页。

第二章 格调的追求：沈德潜对明清诗学的传承与突破

物之自则也。"① 而何氏则主张"达岸则舍筏"②。他们均同意先模拟古人，因而必有一套"规矩"以达格调。何景明在《与李空同论诗书》中指出两人在模拟古人方面的不同，他说：

> 追昔为诗，空同子刻意古范，铸形宿模，而独守尺寸。仆则欲富于材积，领会神情，临景构结，不仿形迹。③

何氏指出，李氏太着意于尺寸不偏地模拟古人，即是说李氏是在一固定的规矩下模拟古人，因而讥评他的诗歌："高者不能外前人也，下焉者已践近代矣。"④ 在同一信何氏又说："今仆诗不免冗习，而空同近作，间入于宋"，⑤ 这对于以盛唐格调为创作目标的李梦阳来说，实乃极大的侮辱；而他自己则希望凭积学、因应不同情事而"构结"，即灵活地因情而格生，尤其重要的是领会古人的神情，不着一丝古人的形迹，进而"舍筏登岸"，自成一家。故此，古人作品对于何氏来说，只是一套学习的模板，到达诗学的彼岸即可放弃，而且必定要放弃对古人的模拟，否则终生便无着陆之地。其实，从"模拟"古

---

① 李梦阳：《答周子书》，郭绍虞主编《中国历代文论选》第3册，上海古籍出版社1990年版，第52页。
② 何景明：《与李空同论诗书》，郭绍虞主编《中国历代文论选》第3册，上海古籍出版社1990年版，第38页。
③ 同上书，第37页。后七子中的徐祯卿亦有近似的论点，在其《谈艺录》中他说："夫情既是其形，故辟当因其势。譬如写物绘色，倩盼各以其状；随规逐矩，圆方巧获其则。此乃因情立格，持宋圜环之大略也。"见陈良运等主编《中国历代诗学论著选》，第659页。
④ 郭绍虞主编：《中国历代文论选》第3册，上海古籍出版社1990年版，第38页。
⑤ 同上书，第37页。

人而到获一席之地本应是复古诗派中人共同追求的理想,能入能出方才是复古的终极理想。李梦阳是这样理解由模拟而至于自成一家的:

> 守之不易,久而推移,融镕而不自知,于是为曹为刘,为阮为陆,即今为何大复,何不可哉。①

这是说,在尽力迹近古人作品——"物之自则"时,尽得古人之法,而在不自觉中将古人之法熔铸为自己所用。两人诗学论点之别是,何氏偏向由模拟而有意识地求创变,突出个人面目;而李氏则强调模拟如"模临古帖",② 是不着意于求创变而从模拟中浸淫于古人诗学的法则中,潜移默化,自然而然地获其法则而自成一家。然而,在"临模古帖"的比喻中,他显然未能充分说明上述"久而推移,融镕而不自知"的论点,这便成为后人误解及攻击其诗论的口实,认为他拘泥于模拟,不若何景明的求创新求变化。又说他晚年后悔早年的诗学主张,这全是不了解李梦阳的诗学思想所致。③ 事实上,《诗集自序》中并无后悔或声言放弃格调说的片言只字。在此序中李氏借其友人王叔武之口说:

---

① 郭绍虞主编:《中国历代文论选》第3册,上海古籍出版社1990年版,第47页。铃木虎雄这样理解李梦阳由守法而至于自成一家,他说:"梦阳说古人必有相同的法则、规矩。变化由守法而生。"见铃木虎雄《中国诗论史》,洪顺隆译,商务书馆1972年版,第121页。

② 郭绍虞主编:《中国历代文论选》第3册,上海古籍出版社1990年版,第51页。

③ 很多学者都认为李梦阳晚年放弃格调说,例如黄果泉《李梦阳诗学思想的格调说》,《郑州师范大学学报》1994年第2期;陈良运《中国诗学批评史》,江西人民出版社1995年版,第432页。

第二章 格调的追求：沈德潜对明清诗学的传承与突破

孔子曰："礼失而求之野。"今真诗乃在民间。而文人学子，顾往往为韵言，谓之诗。……夫文人学子，比兴寡而直率多。何也？出于情寡而工于词多也。……李子于是怃然失，已洒然醒也。①

这是说，李氏之所以认为真诗在民间，是因为当时文人学子的诗"比兴寡而直率多""出于情寡而工于词多"，而民歌的情真意切则乃真诗的表现。不能忽略的是李氏的真诗是先着眼于文人学子的创作，只是因为文人学子的创作不合其理论要求，故退而求其次，"礼失而求之野"，民歌是次选。而事实是在当时李氏眼中，民歌却要比文人学子的诗更接近他对诗的要求。至于李氏借王氏之口对自己的模拟古人之作抨击得一文不值，态度大异于与十多年前与何景明在书信上的论战，亦不外乎醒觉自己毕生之作达不到自己在诗学理论上的要求而已。②

至于后七子中人论及诗学方法论而又较为有新意的，应是谢榛与王世贞。谢榛在其《四溟诗话》提出类似"兼以初唐、盛唐诸家，合而为一""若蜜蜂历采百花，自成一种佳味"以"高其格调"之说，③ 这些观点类似严羽提出的"妙悟"与"熟参"的方法。④ 然而，谢氏已主张从古人入、从古人出，虽亦不脱复古诗派的模拟本色，然而他的确将模拟的范围扩阔

---

① 郭绍虞主编：《中国历代文论选》第3册，上海古籍出版社1990年版，第55—56页。
② 然而，沈德潜却在其编选的《明诗别裁集》收录最多的前十位诗人中，前、后七子占了前六位，而第一、二名就分别是何景明与李梦阳。
③ 谢榛：《四溟诗话》，《四溟诗话·姜斋诗话》，人民文学出版社1998年版，第115页。
④ 严羽著，郭绍虞校释：《沧浪诗话校释》，里仁书局1987年版，第12页。

了，不再止于模拟盛唐或李、杜。至于王世贞则在论及"格"与"调"亦较为通透，①但正如其所提出的"抑才就格"②之说一样，其格调说终归与谢榛一样难以突破复古诗派所设下的桎梏，在此不赘。

3. 以杜诗为典范的不拘一格

沈德潜虽然将杜、韩并举，固然因为两者在风格上颇相近，但沈德潜主要的标榜对象应是杜诗，从其专评杜诗便可作为印证。③沈德潜以杜诗为格调的典范，这是对明代前、后七子的批判性传承。沈德潜论格以杜诗为正则，强调杜诗之长在于不拘常格。杜诗之为格调的典范，在格调方面须"节次分明""一气连属"。然而杜诗并非一味直露，而是"有意本连属，而转似不相连属""转接无象，莫测端倪"，④即是风格既要明朗，节奏上宜一气呵成，然又讲求委婉。值得注意的是沈氏主张议论入诗，这与李梦阳排斥宋诗，认为宋人学杜诗的以议论入诗，乃失唐诗香色流动之要害所在，然而沈德潜却推崇备至。有议论，即创作者性情在其中，即其"原乎性情"的论诗要旨，这样便不至于如七子般的字摹句拟古人，而死于古人影子之下了。在论五、七言律诗时沈德潜又说：

---

① 王世贞：《汤迪功诗草序》，《弇州山人续稿》第5册，文海出版社1970年版，第2475—2476页。

② 王世贞著，罗仲鼎校点：《艺苑卮言校注》，齐鲁书社1992年版，第2170页。

③ 《杜诗偶评》是沈德潜专评杜诗之作，四卷，作于七十五岁。此处所参考的是渡会末茂编《杜律评丛·杜诗偶评》，中文出版社文化六年版。

④ 沈德潜：《说诗晬语》，《原诗　一瓢诗话　说诗晬语》，人民文学出版社1979年版，第206—207页。

第二章 格调的追求：沈德潜对明清诗学的传承与突破

> 五言律……杜子美独辟畦径，寓纵横排奡于整密中，故应包涵一切。终唐之世，变态虽多，无有越诸家之范围者矣。以此求之，有余师焉。①
>
> 长律所尚……少陵出而瑰奇鸿丽，一变故方，后此无能为役。……七言长律，少陵开出，然明清等篇，已不能佳，何况学步余子？②

以上所论，均重杜诗在风格上的多变、不拘常格，故而回应何景明批评杜诗"调失流转"时他说：

> 何景明《明月篇》序，大意谓子美七言诗词固沉着，而调失流转，不如初唐"四子"音节可歌。盖子美为歌诗之变体，而"四子"犹《三百》之遗风也。然子美诗每从《风》《雅》中出，未可执词调一节以议之。③

杜诗既从《风》《雅》中来，而又为歌诗之变体，至于四子则仍承《诗经》之遗风，故而是两种不同的风格，音节当然亦有异了。

沈氏又具体地创作方面对杜诗作出如下分析，在论活法方面他强调作者与读者的关系，在五律《送远》中的"带甲满天地，胡为君远行"便旁批："何等起手，读杜诗者，要从

---

① 沈德潜：《说诗晬语》，《原诗　一瓢诗话　说诗晬语》，人民文学出版社1979年版，第213页。
② 同上书，第218页。
③ 同上书，第252页。

此种着眼。"① 在《北征》中的"至尊尚蒙尘"至"惨淡随回鹘"这一段旁批:"叙到家后,悲喜交集,词尚未了,忽入至尊蒙尘,直起突接,他人无此笔力。"② 甚至在后论中更指出:

> 汉魏以来,未有此体。少陵特为开出,是诗家第一篇。大文公之忠爱谋略亦于此见。③

又在《野人送朱樱》后论:"着笔下半,流走直下,格法独创。"④ 凡此种种,均示人以杜诗不凡之妙处。沈氏又进而对杜诗作篇法分析。在杜甫《闻官军收河南河北》中的"青春作伴好还乡。即从巴峡穿巫峡,便下襄阳向洛阳"的之旁他便有如下批语:

> 预计归程,如禹贡曰浮、曰逾、曰沿、曰达句法。

而后论则有:

> 一气流注,不见句法字法之迹。对结自是落句,故收得住,若他人为之仍是中间对偶,便无气力。⑤

---

① 沈德潜:《唐诗别裁集》,中华书局1975年版,第152页。
② 同上书,第33页。
③ 同上书,第33页。
④ 同上书,第189页。
⑤ 同上书,第190页。

以上种种的句法、篇法的批评，显然比李东阳与复古诗派更详细具体了。然而，沈氏并非一味对杜甫推崇备至，他对杜诗亦有微言，如在《江亭》中的"故林归未得，排闷强裁诗"中旁批："与上六句似不合。"① 又评在杜甫七律中：

> 有疏宕一体，实为宋元滥觞，才大自然无所不可也。然学杜者不应从此体入。②

总的来说，沈德潜重杜诗风格之多变而肯定杜诗的成就并以其作为达到格调的方法论的具体对象，相对于李梦阳的视古人作品为"物之自则"、何景明的舍格取调或王世贞的抑才就格来说，都是一大突破。

五　神韵、格调及性灵的汇通

1. 格调包孕神韵

长久以来，文学批评史上均将格调与神韵视作两种不同类型的诗论，③ 亦有学者认为两者实各执严羽诗论的一端，基本上有可沟通之处。沈德潜的格调何以能取代王士禛的神韵说呢？神韵与格调有何沟通之处？

文学批评史上均将王士禛提倡的神韵说列作清初的主导诗

---

① 沈德潜：《唐诗别裁集》，中华书局1975年版，第153页。
② 同上书，第188页。
③ 吴枝培：《中国文论要略》，南京大学出版社1994年版，第117页。

论,而沈德潜的格调说则乃取代神韵说而崛起诗坛的。① 格调说取代神韵说不离两个原因,一方面是基于意识形态上的需要,而另一方面则是从艺术角度着眼。在未论及格调与神韵的关系之前,且让我们探讨王士禛的神韵说为何能主导清初诗坛。纪昀(晓岚,1724—805)等人在乾隆钦定的《〈唐宋诗醇〉纂校后案》中对当时诗坛有如下剖析:

> 国初多以宋诗为宗,宋诗又弊。王士禛乃持严羽余论,倡神韵之说以救之。②

这是从艺术角度而言,指出王士禛的神韵说乃源于严羽诗论,为针对清初的宗宋诗而发。然由于王士禛早年曾提倡神韵,"中岁越三唐而事两宋",晚年又以神韵济宋诗流弊③,故此郭绍虞便认为王士禛早年倡导神韵说乃针对明代前、后七子的格调说而兴,而将王氏晚年重倡神韵说视作乃补济他自己倡导宋诗的流弊④。即是说,王士禛之倡神韵说其实有两种不同的面向目的。至于两个时期的神韵说在意涵上有没有不同,郭先生则没有论及。而纪昀继则说:

---

① 敏泽:《中国文学理论批评史》下册,人民文学出版社1981年版,第904页;袁行霈、孟二冬、丁放:《中国诗学通论》,安徽教育出版社1994年版,第941页。
② 乾隆选评,冉苒校点:《唐宋诗醇》上卷,中国三峡出版社1997年版,第4—5页。
③ 王士禛:《渔洋诗话序》,王夫之等撰《清诗话》上册,上海古籍出版社1982年版,第163页。
④ 郭绍虞:《中国诗的神韵、格调及性灵说》,崇文书店1971年版,第47页。

士禛又不究兴观群怨之原，故光景流连，变而为虚响。①

故有论者将王士禛神韵说的"流连光景"视作乃清廷文字狱猖獗的态势底下而故作无为、不涉讽喻言论的产物。②亦有论者认为王士禛的神韵说乃清初"清真雅正"的政治产物。③然而作为清廷官方代言人的纪昀在《〈唐宋诗醇〉纂校后案》却又认为王士禛的神韵说偏离了传统儒家诗学兴观群怨的原理，严重的是进一步指其神韵说"变而为虚响"，即是未能配合官方由清初一直以来推行的"和平广大"之音的意识形态策略。这是论者所认为神韵说见摈于官方，而为沈德潜提倡唱出盛世之音的格调说所取代的原因。因此，有人将神韵说与格调说均视作清代的政治产物，同是因应不同时期的意识形态的需要而兴起的诗论。④

在交代了神韵与格调递兴的历史背景之后，现在再探讨神韵与格调在诗学理论层面的关系。早在清代的翁方纲（正三，1733—1818）便曾对明前、后七子的格调说至王士禛的神韵说的关系有如下见解：

---

① 乾隆选评，冉苒校点：《唐宋诗醇》上卷，中国三峡出版社1997年版，第4—5页。
② 马积高：《清代学术思想的变迁与文学》，湖南出版社1996年版，第68—70页。
③ 方孝岳：《中国文学批评》，生活·读书·新知三联书店1986年版，第200、203—204页；萧华荣：《中国诗学思想史》，华东师范大学出版社1996年版，第334—335页。
④ 叶朗便认为王士禛的神韵说与沈德潜的格调说乃因应不同时期的政治需要而出现的不同形态的诗论。详参叶朗《关于沈德潜诗论的两个问题》，《文学评论丛刊》1981年第9辑。

李、何、王、李之徒，泥于格调而伪体出焉。……至于渔洋，变格调曰神韵，其实即格调耳。而不欲复言格调者，渔洋不敢议李、何之失，又恐后人以李、何之名归之，是以变而言神韵，则不比讲格调者之滋弊矣。①

翁方纲认为王士禛乃变格调为神韵，更甚的是认为神韵"其实即格调"。纪昀亦认为王士禛的神韵说乃源于前、后七子。②然而，郭绍虞认为翁方纲未辨格调与神韵有所分别，他说：

格调之说重在气象，而神韵之说，更是建筑在气象上的。二者都是给人以朦胧的印象。……实则格调说所给人以朦胧的印象的是风格，神韵说所给人以朦胧的印象的是意境。读古人诗而得朦胧的印象这是格调；对景触情而得朦胧的印象，这是神韵。③

格调是风格，神韵是意境。确是的论。风格易摹，意境难到。"气象"有字句音韵可循，意境乃个人的精神体现；字、句、音韵乃构成作品的基础，而意境则有赖个人的个性、情感以及才情。郭绍虞又说：

---

① 翁方纲：《格调论上》，陈良运等主编《中国历代诗学论著选》第3册，百花洲文艺出版社1995年版，第524页。
② 纪昀：《冶亭诗介序》，陈良运等主编《中国历代诗学论著选》，百花洲文艺出版社1995年版，第1008页。近人学者亦不乏与翁方纲与纪昀相近的意见。如马积高《清代学术思想的变迁与文学》，湖南出版社1996年版，第20、61、67页。
③ 郭绍虞：《中国文学批评史》，上海古籍出版社1988年版，第542页。

悬一风格而奔赴之，所以成为模拟；悬一意境而奔赴之，则只有能到与否的问题，不会有能似与否的问题。这也是第一义之悟与透彻之悟的分别。①

风格易拟而意境则非有自家体会不能到。这是第一义之悟与透彻之悟的分别，亦是模拟与创造之别。

在王士禛神韵说风靡天下的年代，何以沈德潜独标格调说呢？在《重订唐诗别裁集序》中，沈德潜正式表达了对当时诗坛盟主王士禛的选诗的微言，他说：

> 新城王阮亭尚书选《唐贤三昧集》，取司空表圣"不着一字，尽得风流"严沧浪"羚羊挂角，无迹可求"之意，盖味在盐酸外也。而于杜少陵所云"鲸鱼碧海"，韩昌黎所云"巨刃摩天"者，或未之及。余因取杜、韩语意，定《唐诗别裁》，而新城所取，亦兼及焉。②

"不着一字，尽得风流""羚羊挂角，无迹可求"是一种风格，"鲸鱼碧海""巨刃摩天"又是另一种风格。严羽在《沧浪诗话》中论诗说："（诗）其大概有二，曰优柔不迫，曰沈着痛快。"③ 沈德潜所标举杜甫的"鲸鱼碧海"与韩愈的"巨刃摩天"可谓乃严羽所谓的"沈着痛快"一类，而王士禛的"不着一字，尽得风流""羚羊挂角，无迹可求"当属"优柔不

---

① 郭绍虞：《中国文学批评史》，上海古籍出版社1988年版，第542页。
② 沈德潜：《唐诗别裁集》，中华书局1975年版，第2页。
③ 严羽著，郭绍虞校释：《沧浪诗话校释》，里仁书局1987年版，第8页。

迫"一类。沈德潜并没有否定王士禛之选,只是觉得有所不足,故而其《唐诗别裁集》乃在王士禛"优柔不迫"的基础上加上复古诗派所追求的"沈着痛快"的唐音。① "沈着痛快"与"优柔不迫"乃格调与神韵之别。然而,两者皆又源于严羽的诗论。郭绍虞认为明七子与王士禛乃各执严氏诗论的一端,而又说:

> 严羽诗论乃以神韵说的骨干,而加上了一件格调说的外衣。明代前后七子只见了他的外衣,所以上了他的当;清代王渔洋(士禛)去掉了这件外衣,便觉得一变黄钟大吕而为清角变征之音。②

说明代前、后七子只见严羽的格调说并无不妥,然若说他们上了严羽的当而拘泥于模拟古人格调则不对。李梦阳论诗也主性情,何景明也强调舍筏登岸,王世贞不也是说过"法极无迹,人能之至,境与天会"这类近乎神韵的论调吗?前、后七子之所以既强调性情,又热衷于诗法探讨,然而又不无矛盾地陷入一味模拟的泥沼而不能自拔,实乃欲追摹盛唐诗歌而达至盛唐的政治气象的驰想所致。

现在我们再阐释沈德潜如何汇通其格调与神韵之间的理论层面。沈德潜其"格调"说实乃包孕"神韵",他说:

---

① 王镇远与邬国平便认为沈德潜论诗首标气盛格高、雄浑阔大的审美趣向,有意以七子之格调论来补王士禛神韵说之不足。见邬国平、王镇远《清代文学批评史》,上海古籍出版社1996年版,第446页。

② 郭绍虞:《中国文学批评史》,上海古籍出版社1988年版,第281页。

第二章 格调的追求：沈德潜对明清诗学的传承与突破

> 予为诗之道，古今作者不一，然揽其大端，始则审宗旨，继则标风格，终则辨神韵，如是而已矣。……窃谓宗旨者，原乎性情者也，风格者，本乎气骨者也；神韵者，流于才思之余，虚与委蛇而莫寻其迹者也。①

"审宗旨""标风格""辨神韵"是沈德潜论诗的要诀，而性情、气骨与才思便是其论诗三诀的内涵。在《石香诗钞序》中，沈德潜又说：

> 夫韵不可以迹象求，不可以声响著，流于迹象声响之外而仍存于迹象声响之间。此如画家六法然，无论神品逸品，总以气韵生动为上。盖无韵者则薄，有韵者则厚，无韵则死，有韵则生。此北宗之不如南宗，韵不足审也。审是而诗之贵韵更可知已。②

在选本的诗评中，沈德潜更是常常使用"神韵"：

> 右丞（王维）五言律诗有二种。一种以清远胜，如"行到水穷处，坐看云起时"是也。一种以雄浑胜，如"天官动将星，汉地柳条青"是也。当分别观之。③

这说明了沈德潜何以言格调而又取神韵派的代表诗人，可

---

① 沈德潜：《七子诗选序》，《沈归愚诗文全集》第3册，清乾隆年间刊本。
② 同上。
③ 沈德潜：《唐诗别裁集》，中华书局1975年版，第137页。

见他并非只言格调而不谈神韵,事实上他两者皆重,而他在神韵中又看出格调。可见沈德潜其实警觉到"格调"与"神韵"可沟通之处。评郑谷(守愚,849—911)《鹧鸪》时说:

> 咏物诗刻露,不如神韵。三四语胜于钩辀格磔也。诗家称鹧鸪以此。①

沈德潜所理解的"神韵"乃"刻露"的对立面。而他亦将"音节神韵"并论,如评李益七言绝句时便说:

> 圣主之仁,人子之孝,宇内共称,不止羡其为鸿轩凤举也。诗品似李北地之宗杜陵,骨干有余而神韵或未副焉。②

这里正指出李梦阳等前后七子只取严羽格调一说而遗其神韵,骨干可拟而神韵在于个人的妙悟。他又以"神韵"及清新区别唐、宋七言诗:

> 七言绝句,唐人以神韵胜,宋人以清新胜,此宋体中最高者。③

唐、宋七言绝句之别,正是唐诗的特征在"神韵",而宋

---

① 沈德潜:《唐诗别裁集》,中华书局1975年版,第219页。
② 沈德潜:《清诗别裁集》,中华书局1977年版,第191页。
③ 同上书,第387页。

诗的特征在"清新"。而于选本中引用王士禛的诗论观点及神韵说,更是不计其数。沈德潜标举杜诗为其格调包孕神韵的典范:

> 少陵七言古,如建章之宫,千门万户;如巨鹿之战,诸侯皆从壁上观,膝行而前,不敢仰视;如大海之水,长风鼓浪,扬泥沙而鼓怪物,灵蠢毕集。别于盛唐诸家,独称大宗。①

值得注意的是,他说杜诗"别于盛唐诸家,独称大宗",即是说,杜诗在风格上多变,包罗万象,能涵盖盛唐诸家,而盛唐诸家不能涵盖杜诗。又如:

> 王摩诘七言律为风格最高、复饶远韵,为唐代正宗。然遇杜《秋兴》、《诸将》、《咏怀古迹》等篇,恐瞠乎其后,以杜能包王,王不能包杜也。②

在《说诗晬语》中他又说王维、李颀、崔曙、张谓、高适、岑参诸人,"品格既高,复饶远韵,故为正声"。③ 由此可见,风格乃出于品格的修养,从人格而言诗格,诗格高而韵亦邈远,不流于字句的雕琢,音韵不杀直,这与其"韵不可以迹象求,不可以声响着""审宗旨""辨神韵"的要诀是一致的。

---

① 沈德潜:《唐诗别裁集》,中华书局1975年版,第92页。
② 同上书,第188页。
③ 沈德潜:《说诗晬语》,《原诗 一瓢诗话 说诗晬语》,人民文学出版社1979年版,第217页。

2. 性灵：沟通格调与神韵的媒介

在沟通格调与神韵之间关系的重要媒介其实就是性灵。当然，此"性灵"又不同于清代以袁枚为宗主的性灵说。袁枚的性灵说在文学批评史上一向均被视作为抗衡沈德潜的格调说的一大诗派。袁枚曾借杨万里（廷秀，1127—1206）的话讥讽说沈德潜：

> 格调是空架子，有腔口易描，风趣专写性灵，非天才不办……须知有性情，便有格律；格律不在性情外。①

就此而言，当然，前、后七子的模拟古人亦是在他批判之列。我们可以这样理解其性灵说：就形式而言，袁枚提出"巧"与"妙"，即灵活风趣的艺术风格；就内容而言，他着重"性情"与"灵机"。② 郭绍虞这样理解其性灵说：性者，情之表现，灵则是才之表现；情重其真，趣则重其活与新。③ 至于"灵机"，除了天赋，亦包含灵感。因此，袁枚强调"赤子之心"，又说"诗难其真"，诗之真之于诗人本身"有性情""有我"，"否则敷衍成文矣"。④ 这几乎都是站在他所认知的格调派的对立面而发。然而，他虽尚自然，亦不废雕琢；甚至亦说

---

① 袁枚著，顾学颉校点：《随园诗话》，人民文学出版社1998年版，第2页。
② 《清代文学批评史》，第479页。
③ 郭绍虞：《中国诗的神韵、格调及性灵说》，崇文书店1971年版，第102—103页。
④ 袁枚著，顾学颉校点：《随园诗话》，人民文学出版社1998年版，第74、234、216页。

过"诗难其雅也,有学问而后雅"①的话,但少为人提及。实际上,袁枚之诗当然有不乏男女之情甚至妓女的描写,然亦有不少对历史的省思与现实的关怀。然而,最触目的是有其关男女之情之诗论。例如,"情所最先,莫如男女"②"《关雎》为《国风》之首,即言男女之情""写怀,假托闺情最蕴藉"。③袁枚的为人、思想、诗论在当时来说可谓是离经叛道,即在现在亦相当前卫,而后来的研究者亦从撷拾上述的片言只字以偏概全,即使袁枚所处的时代亦是如此,其平正、深刻之论被其狂言淹没。而狂言浪行又令其独树一帜,在诗坛上占一席之地,并与沈德潜成抗衡之势。

大体而言,就诗论来说,袁枚重天籁,沈德潜重人巧而不废天籁;性灵说是袁枚诗论的核心,其实在沈德潜的诗学理论中亦占有极重要的位置。这大概亦是袁枚有所不知之处。依袁枚上述"有性情,便有格律"之见,其实他已道出格调与性灵可沟通之处。沈德潜主"格调",言"神韵",亦不废"性灵"。然而,两者对性灵的观点,除了在创作中抒发真挚的情感外,两人的性灵说的意涵虽不大相同,而袁氏之见,实不出沈德潜诗论说的范畴。何以有如此说法呢?沈德潜论诗本主真性情,在评诗中不乏套用"性灵"之处。例子众多,今举其二:

---

① 袁枚著,顾学颉校点:《随园诗话》,人民文学出版社1998年版,第234页。
② 袁枚著,周本淳标校:《小仓山房诗文集》下册,上海古籍1988年版,第1802页。
③ 袁枚著,顾学颉校点:《随园诗话》,人民文学出版社1998年版,第15、474页。

> 嘉定四君中以檀园为上，虽渐染习气而风骨自高，不能掩其真性灵也。①
>
> 或谓渔洋獭祭之工太多，性灵反为书卷所掩，故尔雅有余而莽苍之气，遒折之力，往往不及古人。②

由以上例子可见，沈德潜关于性灵的论点与袁枚的性灵说中的"真性情""灵机"并无冲突处，只是袁枚往往重于男女情爱与"风趣"，然却没有沈德潜所考虑到的诗歌的内容是否合乎"温柔敦厚"的诗歌功能与社会道德责任。

沈德潜论诗极重真性情，在他而言好诗乃不得不发的情感表现。在《说诗晬语》中说："古人意中有不得不言之隐，借有韵语以傅之。"③情贵在真，"小小送别，而动欲沾巾"是矫揉造作，是"失体"。④在论及情时，沈德潜总忘不了"礼"的制约，这是袁枚强调"风趣"所没有的压力。在情与礼的冲突中，沈德潜往往将礼凌驾于情之上。在评杜甫《新婚别》时说：

> "嫁女与征夫，不如弃路旁。"近于怨矣。而"君今往死地"以下，层层转换，勉以努力戎行，发乎情，止乎礼义也。⑤

---

① 沈德潜：《明诗别裁集》，中华书局1977年版，第110页。
② 同上书，第61页。
③ 沈德潜：《说诗晬语》，《原诗 一瓢诗话 说诗晬语》，人民文学出版社1979年版，第187页。
④ 同上书，第242页。
⑤ 同上书，第206页。

在说到"诗必原本性情"时,接着下一句即是:

> 关乎人伦日用及古今成败兴坏之故者,方为可存,所谓其言有物也。①

诗要"关乎人伦日用""成败兴坏"以为鉴,"言而有物"便是诗的社会与道德层面的实用价值,而非袁枚的专写"风趣"与"灵机"。专写"风趣"的性灵说末流终免不了流于轻佻肤浅,讲求"灵机"者的要求巧妙灵动的审美要求不合于描写"人伦日用"的社会题材。然而,过分强调诗的实际功能则又不免扼杀诗人的个性与诗歌题材的多样化。实际上,在沈德潜的整个诗论体系中,其具有"温柔敦厚"的"性灵说"乃扮演了贯穿神韵与格调之间的重要媒体,其"真性情"防止了"格调说"的流于褒衣大袑气象而没个人面目之弊,而"关乎人伦日用及古今成败兴坏"之说又挽救了"神韵说"的"流连光景",为其注入了现实的内容,而其强调社会道德的一面又同时济了袁枚性灵说末流的轻佻肤浅。简而言之,沈德潜诗论中具有"温柔敦厚"性质的"性灵说"在其诗论中所担当的作用便在于将情感与礼教融入神韵与格调之中,成为汇通、匡济神韵与格调的重要媒介。

六 结语

"格调说"由明代的李东阳正式提出作为创作的新方法,

---

① 沈德潜:《说诗晬语》,《原诗 一瓢诗话 说诗晬语》,人民文学出版社1979年版,第187页。

以纠正当时模拟剽窃古人作品的诗坛流弊。而从前、后七子开始，他们力倡模拟盛唐诗歌格调，期望从力振诗歌之盛唐强音以藉此达至政治上的盛唐。前、后七子之格调说，纵不乏对达至格调的诗学方法的论述，而彼等之努力实是枉然。试问身为明朝中叶人，何能有盛唐人的乐观、自信、豪迈的思想与气魄？没有盛唐氛围，而却在颓世强作盛唐之音，可谓乃复古诗派一种充满悲剧性的追求。及至清代，沈德潜一方面对格调说作出更具体的阐释。面对复古诗派陷于困境的格调说，沈氏从论韵、论调、论格、格与调、格调与不同诗体的关系及其如何配合，详细地对格调说的内涵与性质作出阐释；而其论诗与乐的关系，则又将格调的接受范围扩充至普罗大众，向民间吸取活泼的情感与精神，为格调说注入新血，摆脱明代以来格调说的流于文人学士范畴内所探索的桎梏，使此格调说取代王士禛所鼓吹的神韵说，而成为当时的一大诗派。另一方面，沈氏又将格调说作出创造性的转化，以杜诗为格调说的典范，主情真，以意运法，倡不拘一格，旨在突破明代复古诗派的泥于规矩而死于终为古人影子。此外，明代复古诗只见严羽诗论中之格调，故流于一味模拟；王士禛撷取严羽的神韵，而流于空寂。沈德潜于是乃以格调为诗论主干而附以神韵，又以具有诗教功能的性灵说汇通了格调与神韵，突破了明中叶以降的格调说，成就其集大成的诗学体系。

第三章

沈德潜对李攀龙诗学理念的传承与批判

一 前言

沈德潜所编选的几种诗选当中,①《唐诗别裁集》可谓乃突破明代以来几种唐诗选本的框架并匡正其流弊的集大成之选。在《唐诗别裁集》问世之前,有关唐诗的选本为数不少,较为著名的便有传为金、元之际的元好问(裕之,1190—1257)所编的《唐诗鼓吹》、明代后七子领袖李攀龙的《唐诗选》②、竟

---

① 沈德潜较为重要的选本计有《古诗源》(1725)、《唐诗别裁集》(1717,增订版 1763)、《明诗别裁集》(1734)、《清诗别裁集》(1761,删改版 1763)、《杜诗偶评》(1753)等选本,对整个诗歌的发展脉络作了一番独具心眼的勾勒。虽然,他并没有对宋诗作出整体的选取,但临终之前仍编选了苏轼、陆游与元好问的诗,名为《宋金三家诗选》。《宋金三家诗选》乃沈德潜于九十七岁时在门人陈明善的协助下选编而成的。先是选了陆游、元好问,并写了例言、评语,又在病中选录苏轼诗,但未及撰写评语即逝世。此书由陈明善于沈氏身故之年(乾隆己丑年,1769)刊刻。然而,此选本并不及沈氏其他选本般流行。详见沈德潜选评,赵翼批点《宋金三家诗选》,齐鲁书社 1983 年版。

② 《唐诗选》之刊行并非李攀龙的本意,而是后世从其所编选的《古今诗删》中撷取选唐诗的部分而刊行于世,《四库全书总目·唐诗选七卷》第 192 卷云:"旧本题明李攀龙编,唐汝询注,蒋一葵直解。攀龙有诗学事类,汝(转下页)

陵派的锺惺与谭元春合选的《唐诗归》与清初神韵派宗主王士禛的《唐贤三昧集》。从有关的资料可见，沈氏对《唐诗鼓吹》大肆攻击，对与他并世的诗坛盟主王士禛所编选的《唐贤三昧集》也相当不满。沈德潜认为《唐诗鼓吹》乃假托元好问之选，而且他对这一选本也极为不满，认为："学者以此等为始基，汨没灵台，后难洗涤。"① 至于《唐诗归》，沈氏虽未直接批评，可是从他将锺、谭诗风批为"僻涩"，更将锺、谭的竟陵派与以三袁（袁宗道、袁宏道与袁中道）为首的公安派及陈继儒（眉公，1558—1639）与程嘉燧（孟阳，1565—1643）等人合称为"古民三疾"② 这一例子，我们可以推论，《唐诗归》（以至于《诗归》）这选本必亦难令他惬意。

沈德潜《唐诗别裁集》之选，一般均被视为济王士禛的《唐贤三昧集》之偏，而沈氏本人亦开宗明义地大张以格调济神韵流弊的旗帜。然而，假若我们对《唐诗别裁集》作仔细的阅读，将不难发现此选本除了济神韵之偏外，其重心更在于对后七子领袖李攀龙所编选的《唐诗选》在诗学理念上作批判性的回应与修正。

故此，这一章将以《唐诗别裁集》与《唐诗选》作比较研

（接上页）询有编蓬集，一葵有尧山堂外纪，皆已著录。攀龙所选历代之诗，本名诗删，此乃摘其所选唐诗，汝询亦有唐解，此乃割其注，皆坊贾所为，疑蒋一葵之直解，亦托名矣。然至今盛行乡塾间，亦可异也。"见永瑢等撰《四库全书总目》下册，中华书局1987年版，第1749页。

① 沈德潜：《说诗晬语》，《原诗　一瓢诗话　说诗晬语》，人民文学出版社1998年版，第255页。

② 同上书，第240—241、243页。

究，借此以勾勒出沈氏对李攀龙诗学理论的传承与批判。①

二 诗史观：从复古到传承

纵使明代复古诗派内部在诗学理念上有意见不一致的地方，②但整体上"文必秦汉，诗必盛唐"③均乃彼等之间共通的诗学思想。前七子的领袖李梦阳自己曾这样说："西京之后，作者勿闻矣。"④前七子中人的另一领袖何景明在《海叟诗序》中亦说：

> 学歌行近体，有取于二家（李白、杜甫），旁及初盛

---

① 许总便认为："沈氏的诗论，除了与其老师叶燮的关系之外，主要表现为对明代前后七子文艺观的继承和发展"。详见许总《沈德潜"温柔敦厚"说辩》，《文史哲》1985年第1期。同样认为沈氏诗论是对前、后七子的承继的观点可参叶朗《关于沈德潜诗论的两个问题》，《文学评论丛》1981年第9辑。不过，许总是站在肯定的态度，而叶朗则对沈氏批驳得体无完肤。有关《唐诗别裁集》的研究，早在1938年吴兴华已撰有短文作评介，见吴兴华《唐诗别裁书后》，《文学年报》1938年第4期。此外，台湾学者胡幼峰教授亦曾撰文论述这一选本的得失及其影响，详见胡幼峰《试论〈唐诗别裁集〉编选之得失》，《古典文学》1988年第10集，第327—358页。至于《唐诗选》，相关的讨论并不多，对李攀龙的《选唐诗序》的论述，可参陈国球《试论李攀龙之选唐诗及"唐无五言古诗而有其古诗"说的意义及其影响》，《唐代文学研究》，广西师范大学出版社1998年版，第873—888页。

② 例如李梦阳与何景明在诗学上的明显分歧便是一例。从两人的书信来往可见，应是李梦阳先致何景明一信，劝他更弦易辙，可是此信今已不存。此外，李梦阳与徐祯卿亦复在诗学上有争论，只是不及与何景明般针锋相对而已。至于李攀龙与王世贞的摈除谢榛于后七子之列，除了争为盟主之外，彼此在诗学上的不同之处想必亦是导致彼不和的一个因素。

③ 张廷玉等撰：《明史》，中华书局1974年版，第7348页。

④ 李梦阳：《空同集》第66卷，上海古籍出版社1991年版，第602页。

唐诸人，而古作者必从汉、魏求之。①

同为前七子之一的康海在《渼陂先生集序》中说他们七子中人："言文与诗者，先秦两汉魏晋盛唐，彬彬然盈乎域中矣。"②

至于后七子领袖李攀龙个人的文学思想，除了在《古今诗删》中选唐诗部分（即后来的《唐诗选》）中写过一篇《选唐诗序》之外，不见有其他比这篇序更为集中地论述其文学观的文章。然而，由李攀龙的《古今诗删》的选诗取向，只选古诗、唐诗及明诗而不及宋、元诗以至他在《选唐诗序》中所表达的诗观，其诗学理念大致上是可以把握的。在《选唐诗序》中，李氏作出如下断言：

> 唐无五言古诗，而有其古诗。陈子昂以其古诗为古诗，弗取也。③

这段文字充分暴露了其矛盾的文学史观。李氏既认为"唐无五言古诗"，即是以古诗为典范（paradigm）来衡量唐代的五言古诗，因而才会说"唐无五言古诗"。若以复古的文学史观而言，这原是不错的。然而接着下一句却又说"而有其古诗"，他想表达的是，唐代没有汉、魏的五言古诗，而具有唐代风格的五言古诗。即是说，唐代的五言古诗虽也如陈子昂（伯玉，

---

① 蔡景康编选：《明代文论选》，人民文学出版社1993年版，第117页。
② 康海：《对山集》第1册，台湾商务印书馆1972年版，第40页。
③ 李攀龙撰，包敬弟标校：《沧溟先生集》第15卷，上海古籍出版社1992年版，第377页。

661—702）般称自己的五言古诗为古诗，然已不及汉、魏晋南北朝的五言古诗了。虽然陈子昂与汉、魏诗人写的同是五言古诗，可是在他心目中，汉、魏的五言古诗与陈子昂的五言古诗（以至于唐代的五言）应该有所分别：前者乃高高在上的典范，而后者只是对前者的模仿，是次一等的。由此，他断言："唐无五言古诗"，只有属于唐代的五言古诗。他的文学史观的矛盾之处即在于既以复古文学史观衡量唐代的作品，然又承认唐代有属于自己时代的文学。假若从复古角度论文学，一切的经典依理说皆应从古代寻找才是，然而他却又承认唐代有自己的"五言古诗"。基于这样的矛盾观念，他才会不认同陈子昂以其古诗为古诗的观点，即是说陈氏的所谓古诗，只是唐代风貌的古诗而已，已不同于他心目中拥有最崇高地位属于典范式的魏、晋古诗了。

我们在此再简单点明其矛盾处。假若李氏不认同陈子昂创造于唐代的作品可套上"古诗"之称的话，那岂不是承认一时代有一时代的独特诗歌吗？既然如此，那又何必"诗必盛唐，文必秦汉"？或谓古体必汉、魏，近体必盛唐？准此而言，又怎能断言说"宋无诗"？再依其思路推论下去，假如典范已超然不可凌越的话，那么无论后人怎样努力复古与模拟古人作品，最终都无法达到汉、魏的古诗与盛唐近体的成就，一切的努力均是徒然枉费。既然如此，复古的意义何在？这是李氏一段简短的文字留给我们后人的疑惑，也是后世论争不已的一段公案。

沈德潜的出现，正具体而深入地回应了李攀龙留予后人的迷惑。在未进入探讨沈德潜的诗史观之前，先让我们看看沈氏对唐诗的评价。在《唐诗别裁集原序》中，沈德潜将唐代的

"声律日工"与"诗教"对立,而对"声律日工"之坏"诗教"不无微言:

> 有唐一代……至有唐而声律日工,托兴渐失,徒视为嘲风雪、弄花草、游历燕衎之具,而"诗教"远矣。①

而且:

> 唐人之诗有优柔平中顺成和动之音,亦有志微噍杀流僻邪散之响。而欲上溯乎诗教之本原,犹南辕而之幽蓟,北辕而之闽粤,不可得也。②

唐诗并非完美无缺,既有"优柔平中顺成和动之音",亦有"志微噍杀流僻邪散之响",这与李攀龙的"诗必盛唐"③的态度已是相当不同。沈氏对唐诗作了二分,其实亦乃从其"诗教"观出发。他指出,假若要回归诗教,最佳的途径乃直接上溯至诗教之源,即向《诗经》学习。

另外,沈德潜又将唐诗与汉魏的诗歌传统挂钩,他说:

> 唐人诗虽各出机杼,实宪章八代。如李陵录别开阳关三叠之先声,王粲《七哀》为《垂老别》、《无家别》之祖武,子昂原本阮公、左司,嗣音夫彭泽,揆厥由来,精

---

① 沈德潜:《唐诗别裁集》,中华书局1975年版,第1页。
② 同上书,第1页。
③ 李攀龙著,包敬第标校:《沧溟先生集》第15卷,上海古籍出版社1992年版,第377页。

神符合。读唐诗而不更求其所从出，犹登山不造五岳，观水不穷昆仑也。选唐人诗外，旧有《古诗源》选本，更当寻味焉。①

他推重唐诗，更反复强调"求其所出""上溯乎诗之本源"，可见他既重唐诗而又不囿于唐诗的通达与灵活态度。唐诗之所以有辉煌的成就，乃在承继了汉、魏诗歌的优良传统。沈氏将唐诗与汉、魏诗歌传统衔接，具体指出汉、魏诗歌对唐诗的影响，求的是"精神符合"，而非前、后七子的以某一朝代、某一时期以至于某些大诗人数作为模拟的目标。②

由此可见，沈德潜的诗史观是延续的、发展的，而非李攀龙或前、后七子般将文学史割裂，认为古体必汉、魏而近体必盛唐，或谓宋无诗。沈德潜这种诗史观充分体现于其《唐诗别裁集》中，在此选本中我们更能看出其不同于《唐诗选》所体现的诗学理念。

三　从突破"四唐说"到同尊盛唐诗之不同目的

李攀龙的《唐诗选》以初、盛、中、晚唐的"四唐说"区

---

① 沈德潜：《唐诗别裁集》，中华书局1975年版，第5页。
② 当然，复古诗派并非主张寻章摘句以剽窃古人，他们其实自有一套诗学方法与理想。有关复古诗派出现的时代背景及彼等复古的目的，可参简锦松《论明代文学思潮中的学古与求真》，《古典文学》1986年第8集。

分唐诗,[①] 而奉盛唐诗为圭臬,谓"诗必盛唐"。现将《唐诗选》与《唐诗别裁集》中选诗比例以表列出,以便于比较。

表一　《唐诗选》所选前 8 位诗人及不同诗体作品比例

	杜甫	李白	王维	高适	岑参	王昌龄	韦应物	沈佺期	合计（首）
五古	18	9	7	8	5	5	8	0	60
七古	21	8	3	12	5	2	0	1	52
五律	23	13	9	9	7	1	0	3	65
七律	13	1	11	2	7	1	1	7	43
五排	12	4	5	3	1	1	0	4	30
五绝	2	5	6	2	2	2	6	0	25
七绝	5	14	6	4	12	14	1	1	57
合计（首）	94	54	47	40	39	26	16	16	332

表二　沈德潜《唐诗别裁集》选诗最多的前 10 名及其不同诗体的比例统计

	杜甫	李白	王维	韦应物	白居易	岑参	李商隐	韩愈	柳宗元	孟浩然	合计（首）
五古	53	42	23	44	17	6	0	12	21	10	228

[①] 复古诗派的"四唐说"实乃源于严羽（仪卿,约 1192—1248）,钱谦益在《唐诗英华序》中便指出："世之论唐诗者,必曰初、盛、中、晚……揆厥所由,盖创于宋季之严仪（严羽）而成于国初之高棅。承伪踵谬,二百年于此矣!"见钱谦益《牧斋初学集·牧斋有学集》第 2 册,台湾商务印书馆 1967 年版,第 126 页。及至明初,高棅在其编选的《唐诗品汇》中便将初、盛、中、晚的四唐说具体化,该选本以武德至开元初（618—713）为初唐,开元大历初（713—766）为盛唐,大历至元和末（766—820）为中唐,开成至五季（836—907 或 960）为"晚唐"。近人马茂元亦认为："提倡盛唐,在这一点上,说高棅此书（《唐诗品汇》）开李、何之先河,是不错的……"见马茂元《从严羽的〈沧浪诗话〉到高棅的〈唐诗品汇〉》,《晚照楼论文集》,上海古籍出版社 1981 年版,第 189 页。有关"四唐说"在分期上的问题,可参陈国球《唐诗的传承》,学生书局 1990 年版,第 244—246 页。

续表

	杜甫	李白	王维	韦应物	白居易	岑参	李商隐	韩愈	柳宗元	孟浩然	合计（首）
七古	58	37	9	3	13	13	1	21	4	1	160
五律	63	27	31	6	4	17	11	3	2	21	185
七律	26	4	11	2	18	6	20	4	5	1	97
五言长律	18	5	10	4	2	4	6	2	1	1	53
五绝	3	5	16	4	0	3	2	0	4	1	38
七绝	3	20	4	4	6	9	10	1	4	1	62
合计（首）	224	140	104	67	60	58	50	43	41	36	823

沈德潜的《唐诗别裁集》则不以"四唐说"区分唐诗，转而以体裁作为不同卷帙的区分。然而，此选单在选取杜甫、李白、王维三人的作品已共四百六十八首，占前十位作品总数的一半以上，虽在体例上摆脱了《唐诗选》的拘于时代界限的桎梏，然而旨趣终以盛唐诗为主。这是《唐诗别裁集》与《唐诗选》一脉相承之处。

由以上《唐诗选》与《唐诗别裁集》这两个图表可见，李攀龙与沈德潜所选录的诗总数的首三位均分别是杜甫、李白、王维。虽然在选诗的数目上，《唐诗选》远较《唐诗别裁集》少；但在整体的百分比上，首三位的比例却是极之接近。这种杜甫、李白、王维的排列已成定论。然而，虽则两个选本同尊盛唐诗，而目的却各有不同。李攀龙之所以大篇幅选取杜甫、李白与王维三人的作品，乃基于其"诗必盛唐"的狭隘诗学理念。相对来说，《唐诗别裁集》中入选数目最多的前十位诗人表现了沈氏格调与神韵并重的目的，当然乃以格调为主以济《唐贤三昧集》之大幅度偏向王、孟派的神韵诗观所产生的流弊。沈德潜在《说诗晬语》中曾对当时的诗坛盟主王士禛的《唐贤三昧集》表达了如下的遗憾：

> 司空表圣云："不着一字，尽得风流"，"采采流水，蓬蓬远春。"严沧浪云："羚羊挂角，无迹可求。"苏东坡云："空山无人，水流花开。"王阮亭本此数语定《唐贤三昧集》。木玄虚云："浮天无岸。"杜少陵云："鲸鱼碧海。"韩昌黎云："巨刃摩天。"惜无人本此定诗。①

而在《重订唐诗别裁集序》中，沈德潜则再次表达了对王士禛的《唐贤三昧集》的微言，他说：

> ……新城王阮亭尚书选《唐贤三昧集》，取司空表圣"不着一字，尽得风流。"严沧浪"羚羊挂角，无迹可求"之意，盖味在盐酸外也。而于杜少陵所云"鲸鱼碧海"，韩昌黎所云"巨刃摩天"者，或未之及。余因取杜、韩语意，定《唐诗别裁》，而新城所取，亦兼及焉。②

其实，《唐贤三昧集》这一选本中因欠缺格调雄浑之作而备受批评，在当时可能已成诗坛的关注焦点。吴乔（修龄，

---

① 沈德潜：《说诗晬语》，《原诗 一瓢诗话 说诗晬语》，人民文学出版社1979年版，第255—256页。

② 沈德潜：《唐诗别裁集》，中华书局1975年版，第2页。沈德潜虽在《唐诗别裁集》中将杜甫与韩愈并举，可是他在实际选诗上却是尊杜绌韩，杜诗入选之数目远远超过韩诗。沈氏尊杜绌韩的最主要原因乃在于杜诗不止于格调一端，更符合其温柔敦厚的诗观。此乃徒具格调而温柔敦厚方面的韩诗的不逮之处。有关沈氏尊杜绌韩这一现象，笔者将另文探讨。

1611—1695）便曾在其《答万季埜诗问》中讥王士禛为"清秀李于麟（攀龙）"，①即指王氏并没有脱离李氏诗学之阴影，其《唐贤三昧集》之选与李攀龙的《唐诗选》，实乃一体两面而已。另一位批评者乃与施闰章（尚白，1618—1683）并称"南施北宋"的宋荦（牧仲，1634—1713），在其《漫堂说诗》中虽称许《唐贤三昧集》"力挽尊宋祧唐之习，良于风雅有裨"，但又批评此选："至杜之海涵地负，韩之鳌掷鲸呿，尚有所未逮。"②这种观点或许便是促成沈德潜选《唐诗别裁集》的先声。

由此可见，《唐诗别裁集》既是对李攀龙的《唐诗选》有所承传，亦有重大的突破，而补济当时由王士禛所倡导的神韵诗说及其选本《唐贤三昧集》所造成的偏颇亦乃沈氏选《唐诗别裁集》的目的之一。准此而言，《唐诗别裁集》历时性与共时性并重，乃明末以降的全方位集对性选本。

四 五、七言绝句

在《唐诗选》与《唐诗别裁集》这两个选本中，虽均同尊杜甫为首，但是在五绝这一体裁上，沈德潜与李攀龙却同样不得不将首位让于整体数量排列第三的王维。李攀龙虽称许太白的五、七言绝句："实唐三百年一人，盖以不用意得之。"③可是在五绝的选取上，他却以为王维第一，选六首；同时位居五

---

① 王夫之等撰：《清诗话》上册，上海古籍出版社1982年版，第26页。
② 同上书，第417页。
③ 李攀龙著，包敬第标校：《沧溟先生集》第15卷，上海古籍出版社1992年版，第377页。

绝首位的还有韦应物（737？—？），比只有两首入选的杜甫多出四首，恰好是三倍。在《唐诗别裁集》中的情况却就泾渭分明得多了。沈氏选王维五绝十六首，远远抛离第二位只得五首的李白。至于杜甫，只得三首入选。同样入选五首，从比例而言，李白与王维在《唐选诗别裁集》中的差距要比在《唐诗选》远得多了，可谓望尘莫及。至于王维与杜甫在《唐诗别裁集》中的五绝更是比例悬殊，王维共有十六首入选，比只得三首入选的杜甫多了十三首，在五绝的选诗比例上，王维约五倍强于杜甫。

五绝以王维为首，足见沈德潜认同王士禛推重王维之见。王士禛说：

> 唐五言诗，开元、天宝间大匠同时并出。王右丞而下，如孟浩然、王昌龄、岑参、常建、刘慎虚、李颀、綦毋潜、祖咏、卢象、陶翰之数公者，皆与摩诘相颉颃。独储光羲诗，多龙虎铅汞之气，田园樵牧诸篇，又迂阔不切事情，而古今称"储王"，何也？高适质朴，不免笨伯；杜甫沉郁，多出变调；李白、韦应物超然复古。然李诗有古调，有唐调，要须分别观之。①

王氏以王、孟为五言诗的宗主，开创了清初的神韵诗派，成为一代宗师。沈德潜的《唐诗别裁集》虽锐意以杜、韩诗的雄浑格调济其《唐贤三昧集》之偏向清淡的不足。然而，从其

---

① 王士禛：《居易录》，邬国平、王镇远《清代文学批评史》，上海古籍出版社1995年版，第328—329页。

选诗数量可见，他并没有要突出格调而偏废以王、孟代表的神韵派。王维与韦应物分别位列第三、第四位，而柳宗元与孟浩然也列第九与第十位。然而，既是王、孟并称，何以孟浩然的五绝只得一首入选呢？沈氏在孟浩然的五绝中没有提及个中因由，但在五言古中却有如下微言：

> 襄阳诗从静悟得之故，故语浅而味终不薄。此诗品也。然比右丞之浑厚，尚非鲁卫。①

孟氏"语浅"而其不致流于浅薄则因为在于从"静悟"中得之，但相对于对王维诗的"浑厚"，沈氏之取舍态度立判。沈氏经常强调的是王维诗中那种"不着力处得之"②、李白诗的"妙在不明说怨"（《玉阶怨》）③、"旅中情思虽说明却不说尽"（《夜思》）④这种含蓄委婉的手法。

然而，一向在沈氏眼中包罗万象的杜诗何以分别只得三首入选五、七绝呢？在李白七绝的总论中，他对五、七绝之绝妙处有如下描述：

> 五言绝，右丞（王维）、供奉（李白）。七言绝，龙标（王昌龄）、供奉妙绝古今，别有天地。七言绝句以语近情遥、含吐不露为贵，只眼前景、口头语而有弦外之音，使

---

① 沈德潜：《唐诗别裁集》，中华书局1975年版，第14页。
② 同上书，第11页。
③ 同上书，第253页。
④ 同上。

入神远,太白有焉。①

再比较他在杜甫七绝总论下的评价:

> 少陵绝句,直抒胸臆,自是大家气度,然以为正声,则未也。宋人不善学之,往往流于粗率。杨廉夫谓学杜须从绝句入,真欺人语。②

因为杜甫的七绝乃"直抒胸臆"而非太白"语近情遥""含吐不露"那种"弦外之音",故而沈氏很坦白地指出杜甫的七绝只是"大家"而非"正声"。甚至因而批评杨维桢(廉夫)"学杜须从绝句入"之见,认为学杜不应从杜甫的绝句入手。由此可见,沈氏对杜甫的绝句并不恭维,故选取极少也不足为奇了。

故而,在《唐诗别裁集》中,沈氏录李白七绝二十首,遥居首位。至于在李攀龙《唐诗选》中与李白同样入选十四首七绝的王昌龄,在沈氏的《唐诗别裁集》中则只有十一首七绝仕选,居李白之下,占第二位。沈氏这样评王昌龄的绝句:

> 龙标绝句,深情幽怨,意旨微茫,令人测之无端,玩之无尽,谓之唐人骚语可。③

---

① 沈德潜:《唐诗别裁集》,中华书局1975年版,第265页。
② 同上书,第266页。
③ 同上书,第263页。

值得注意的是在五、七言绝句上,《唐诗别裁集》与《唐诗选》在王维、李白及杜甫三人的去取也极之接近,均是以王维及李白居五、七绝之首,而杜甫则将近敬陪末座。

由此可见,沈德潜在选诗上能照顾到不同体裁的特色而予以弹性的评价与去取,如上述王维与杜甫在绝句上的问题便可见其选诗的灵活性。沈氏虽对杜诗推崇备至,但他又不失客观、理性,对杜甫的绝句的微言便是最佳的明证。另外,由其极力推崇王维的五绝可见,他在格调之外,也兼取神韵的一面,而且在其选本中亦常常援引王士禛的诗学观点。

五 五、七言古诗

由明末至清初的诗坛的另一项论争焦点,便是由后七子的领袖李攀龙在其《选唐诗序》中所提出的"唐无古诗而有其古诗"的观点,此论招致不少人的訾议。① 在《选唐诗序》中,李攀龙这样评说各家在诗体上的得失:

> 唐无五言古诗,而有其古诗。陈子昂以其古诗为古诗,弗取也。七言古诗,唯杜子美不失初唐气格,而纵横有之。太白纵横,往往强弩之末,间杂长语,英雄欺人耳。②

---

① 有关复古派中人如王世贞及明代其他诗学理论家对李攀龙《选唐诗序》的不同意见的相关论述,可参见陈国球《唐诗的承传》,学生书局1992年版,第137—144页。

② 李攀龙著,包敬第标校:《沧溟先生集》第15卷,上海古籍出版社1992年版,第377页。

李攀龙在"唐无五言古诗而有其古诗"上既招来无数攻击,亦复有不少支持者,王士禛便是其中的支持者之一。例如在其《古诗选》中的五古一体,他便专以汉、魏六朝为主,唐人中只有张九龄(子寿,678—740)、陈子昂、李白、韦应物、柳宗元(子厚,773—819)等人能存古音于唐音之中而入选,而杜甫的五古,则一字不录。这亦是本李攀龙"唐无古诗而有其古诗"之说的理念。明白了王士禛的神韵说与明代七子的关系之后,便不难理解何以吴乔讥之为"清秀李于麟"① 了。在《师友诗传录》中更有如下记载:

> 阮亭曰:"沧溟谓唐无五言古诗而有其古诗",此定论也。常熟钱氏(谦益)但截取上一句以为沧溟罪案,沧溟不受也。要之,唐五言古诗固多妙绪,较诸十九首、陈思、陶、谢,自然区别。②

关于李攀龙在《选唐诗序》中的论争意见纷纭,明末清初诗坛中人各偏一端。沈德潜在《唐诗别裁集》对此作了最客观而理性的分析与论断。沈德潜并不认同李攀龙"唐无五言古诗而有其古诗"之见,他认为唐代既有"五言古诗",亦有"其古诗":

> 唐显庆、龙朔间,承陈隋之遗,几无五言古诗矣。陈伯玉力扫俳优,仰追曩哲,读《感遇》等章,何啻黄初、

---

① 王夫之等撰:《清诗话》上册,上海古籍出版社1982年版,第26页。
② 同上书,第129—130页。

正始间也。张曲江、李供奉继起,风裁各异,原本阮公。唐体中能复古者,以三家为最。①

沈德潜肯定了唐代的五言古诗及陈子昂在五言古诗上的成就。陈子昂的《感遇》诗在成就上并不亚于汉、魏古诗。张九龄与李白继陈子昂之后,虽风格不尽同于古,然亦源于阮籍。故而他称许陈子昂、张九龄与李白,肯定他们复古之功。然在肯定他们复古的同时却又包容张九龄与李白的"风裁各异",这是很通达的复古,而非李攀龙的断言"唐无五言古诗",亦非前七子的李梦阳般的以古人之作为"物之自则"的僵死复古态度。②

沈德潜在肯定唐代以陈子昂为首的五言古诗之后,便进一步分析五言古诗在唐代的传承与发展,在张九龄的小传中沈德潜指出:

> 唐初五言古诗渐趋于律,风格未遒。陈正字起衰而诗品始正。张曲江继续而诗品醇。③

由陈乃昂的"起衰"而至于"诗品始正",及至张九龄则臻于"醇"。而且:

---

① 沈德潜:《说诗晬语》,《原诗 一瓢诗话 说诗晬语》,人民文学出版社1979年版,第206页。
② 李梦阳在《答周子书》中说:"……谓学不的古,苦心无益。又谓文必有法式,然后中谐音度。如方圆之于规矩,古人用之,非自作之,实天生之也。今人法式古人,非法式古人也,实物之自则也。"见郭绍虞主编《中国历代文论选》第3册,上海古籍出版社1990年版,第52页。
③ 沈德潜:《唐诗别裁集》,中华书局1975年版,第10页。

感遇诗正字古奥,曲江蕴藉。本原同出嗣宗而精神面目各别,所以千古。①

在此,他将唐代的五言古诗远承汉、魏的传统,即是说汉、魏的五言古诗并未中断,陈子昂与张九龄的《感遇》诗乃同源于阮籍(嗣宗,210—263)而又独出机杼,前者"古奥",后者"蕴藉",故而称许彼等之作"所以千古"。沈氏这种传承的文学史观截然不同于李攀龙在《选唐诗序》中将汉、魏的五言古与唐代的五言古割裂为两个不同的传统的态度。

同样地,在评韦应物《拟古七首》之七后他说:"诸咏胎源于古诗十九首,须领取意言之外。"②可见沈德潜乃因为唐代五言诗因对古诗有所承传与创变而肯定其成就,而且,体味唐代五言古与《古诗十九首》应从"言意之外",而非仅着眼于题材与字句上。这种肯定诗歌因世变而变更与从读诗中体味诗歌的承传关系的态度,显然不同于李攀龙的一味唯古是从与拘泥于字句上的模拟。沈氏又说:

声色不动,指顾自和。太白五言妙于神行,昌黎不无蹶张矣。取其意规于正,雅道未澌。③

这种古诗的传统一直延续,由李白而至于韩愈。他又回应李攀龙对李白古诗的指责说:

---

① 沈德潜:《唐诗别裁集》,中华书局1975年版,第10页。
② 同上书,第46页。
③ 沈德潜:《说诗晬语》,《原诗 一瓢诗话 说诗晬语》,人民文学出版社1979年版,第207页。

> 太白纵横驰骤，独古风二卷不矜才，不使气。原本阮公，风格俊上。伯玉感遇诗后有嗣音矣。①

换言之，李白的《古风五十九首》乃远祧阮籍、近承陈子昂的古诗健将。

而且，沈氏更以唐人的七言古诗为楷式，推许杜甫的五言长篇独步千古：

> 大风、柏梁，七言权舆也。自时厥后，如魏文（曹丕）《燕歌行》、陈琳《饮马长城窟》、鲍照《行路难》，皆称杰构。唐人起而不相沿袭，变态备焉；学七言古诗者，当以唐代为楷式。②

> 五言长篇，固须节次分明，一气连属。然有意本连属，而转似不相连属者：叙事未了，忽然顿断，插入旁议，转接无象，莫测端倪，此运《左》《史》法于韵语中，不以常格拘也。千古以来，且让少陵独步。③

唐代七言古诗之所以成就特高，堪称后世学者的楷式，即在唐人"不相沿习"。杜甫五言长篇之所以独步千古，乃在于"不拘一格"，极尽变化之能事。这正是针对前、后七子的复古诗学理念的拘泥于模拟而言的。

然而，沈德潜并非一味推崇唐代古诗。他认识到唐代五言

---

① 沈德潜：《唐诗别裁集》，中华书局1975年版，第23页。
② 沈德潜：《说诗晬语》，《原诗 一瓢诗话 说诗晬语》，人民文学出版社1979年版，第208页。
③ 沈德潜：《唐诗别裁集》，中华书局1975年版，第38页。

古已杰作不多,例如杜甫的五言古亦有劣作,故在杜甫《剑门》后说:

> 自秦州至成都诸诗,奥险清削,雄奇荒幻,无所不佳,山川诗人两相触发,所以独绝古今也,以后五古俱横厉颓堕,故所从略。①

杜甫的五言古在入蜀之后已"横厉颓堕",故而从略。而且,这不只是杜甫个人的问题,而是古体在中唐之后开始衰落。在刘长卿小传中,沈氏指出:

> 中唐诗渐秀渐平,近体句意日新而古体顿减浑厚之气矣。权德舆推文房为五言长城,亦谓其近体也。②

在卷七刘长卿小传中亦说:"中唐古诗,寥寥可数。"③沈氏认为,中唐诗"渐秀渐平",而"浑厚之气"顿减,这正是近体诗与古体诗的分别所在。究其因由,乃当时的诗人开始以近体入古诗:

> 贞元、元和以降,诗家专尚近体于古风五古尤入浅率。④

---

① 沈德潜:《唐诗别裁集》,中华书局1975年版,第38页。
② 同上书,第43页。
③ 同上书,第106页。
④ 同上书,第65页。

以上是从中唐以降的诗人专尚近体的创作风尚而言唐代古诗之趋于"浅率"。沈德潜更指出科举对五言古诗的影响,认为唐代五言诗之衰乃出于唐代以五言试士所致:

> 唐时五言以试士,七言以应制。限以声律,而又得失谀美之念先存于中,揣摩主司之好尚,迎合君上之意旨,宜其言之难工也。钱起《湘灵鼓瑟》,王维《奉和圣制雨中春望》外,杰作寥寥,略观可矣。①

出于科举应制而作五言诗,故而以在位者的好恶为重而不能流露真性情,这样便局限了创作者的思维空间,窒息了创作自由,五言诗之衰于以五言诗取士的唐代是必然的。

由以上对李攀龙的"唐无五言古诗而有其古诗"的讨论可见,李攀龙之见多为明末清初诗坛所斥,沈德潜虽并没有正面批评李攀龙之见,然而他却肯定了陈子昂、张九龄、李白在古诗上的复古成就,肯定唐古诗,亦有五言古诗。而且唐代七言古诗更可为后世学七言古的楷式,杜甫七言长篇独步千古。由此可见,沈德并不赞同李攀龙关于"唐无五言古诗"之见。而且沈氏更注重诗随世变,亟言法不可泥。这种肯定诗随时变的诗史观与其师叶燮以至于钱谦益(受之,1582—1664)等人并无不同。然而,沈德潜并不只流于口号式的叫嚣而至于人身攻击,而是理性地从具体的诗人与作品入手,详细剖析,从内部的创作观察以至于外缘因素的影响,得出唐有其古诗,而古诗

---

① 沈德潜:《说诗晬语》,《原诗 一瓢诗话 说诗晬语》,人民文学出版社1979年版,第252页。

始坏于中唐,乃出于当时的诗人开始以近体入古诗以及唐代以五言诗试士有关。这种理性的剖析毫厘的精神与论诗方法,远非明末至清初的诗学理论家所能企及。

六 七律之争

在《唐诗选》中,李攀龙将李颀(东川,生卒年不详)仅有的七首七律全收。李攀龙说:"七言律体,诸家所难,王维、李颀颇致其妙,即子美篇什虽众,憒然自放矣。"① 复古诗派的推崇者胡应麟亦言:

李律仅七首,惟"物在人亡"不佳。"流澌腊月",极雄浑而不笨;"花宫仙梵",至工密而不纤。"远公遁迹"之幽,"朝闻游子"之婉,皆可独步千载。②

但他又说:"七言律,唐以老杜为主,参之李颀之神,王维之秀,岑参之丽。"③ 王士禛则认为:

唐人七言律,以李东川、王右丞为正宗,杜工部为大家,刘文房为接武。④

---

① 李攀龙著,包敬第标校:《沧溟先生集》第15卷,上海古籍出版社1992年版,第377页。
② 孙琴安:《唐七律诗精评》,上海社会科学院出版社1989年版,第24页。
③ 胡应麟:《诗薮》,中华书局1962年版,第83页。
④ 王夫之等撰:《清诗话》上册,上海古籍出版社1982年版,第24页。

第三章 沈德潜对李攀龙诗学理念的传承与批判

由此可见，王氏之见与李攀龙在七律上的观点相当一致，均推崇李颀与王维，杜甫则次之，这与胡应麟的"以老杜为主"之见，分歧甚为明显。冠军谁属，关键则在李颀与杜甫两人身上。

沈德潜在《唐诗别裁集》中与李攀龙在《古今诗删》的选唐诗部分一样将李颀七首尽取，他说：

> 东川七律，故难与少陵、右丞比肩，然自是"安和正声"。自明代嘉（靖）、隆（庆）诸子奉为圭臬，又不善学之，只存肤面，宜招毛秋晴太史之讥也。然讥诸子而痛扫东川，毋乃因噎废食乎？①

这是指毛奇龄（大可，1623—1716）在其《唐七律选》中因不满后七子而连李颀在七律上的艺术成就也一并抹杀。毛氏这样说：

> 旧唐名家多以王（维）孟（浩然）、王（维）岑（参）并称，虽襄阳（刘长卿）、嘉州（岑参）与辋川（王维）并肩而不并，然尚可并题。至嘉、隆诸子以李颀当之，则颀诗肤俗，不啻东家矣。明诗只顾体面，总不生活，全是中是君恶习，不可不察也。②

沈氏既不认同后七子对李颀的过高推崇，然却又认为毛奇

---

① 沈德潜：《唐诗别裁集》，中华书局1975年版，第185页。
② 孙琴安：《唐七律诗精评》，上海社会科学院出版社1989年版，第24页。

龄因对后七子的不满而对李颀也一并抹杀是不公平的。由此可见其客观与理性的一面。沈氏虽将李颀七首尽录，但却认为杜甫与王维的成就实远较李颀为高。在卷十三中他对杜甫的七律有如下的高度评价：

> 杜七言律有不及者四：学之博也，才之大也，气之盛也，格之变也。五色藻缋，八音和鸣，后人如何仿佛？王摩诘七言律为风格最高、复饶远韵，为唐代正宗。然遇杜《秋兴》、《诸将》、《咏怀古迹》等篇，恐瞠乎其后，以杜能包王，王不能包杜也。①

这就已将杜甫与王维在七律的成就上又作了进一步的细分。沈德潜对王维的七律其实已作了极高的评价："风格最高、复饶远韵，为唐代正宗"之殊荣似已无可复加。然而，沈氏认为王维在七律仍不及杜甫之处，乃在"杜能包王，王不能包杜"，应是指杜甫的七律在风格的变化（"不及者四"中的"格之变"）上远较王维优胜。沈氏这个观点可从其在杜甫五律的总评可再得进一步的肯定：

> 杜诗近体，气局阔大，使事典切，而人所不可及处，尤在错纵任意，寓变化于严整之中，斯是凌轹千古。②

在（七律）《秋兴八首之八》后论：

---

① 沈德潜：《唐诗别裁集》，中华书局 1975 年版，第 188 页。
② 同上书，第 150 页。

怀乡恋阙吊古伤今，杜老生平具见于此。其才气之大，笔力之高，天风海涛，金钟大镛，莫能拟其所到。①

在《投赠哥舒开府翰二十韵》后论：

有气象，有神力，开合变化，自中规矩，长律以少陵为至。元（稹）白（居易）动成百韵，颓然自放矣。②

即是竞以韵长为矜，则难于变化，反成累赘。杜甫的才、学、气、格，在沈氏眼中，可谓旷古烁今，后人难以比拟。

七　结语

《唐诗别裁集》这一选本的重要之处乃在于突破《唐诗选》所遗留而尚未解决的诗学困局。首先，从诗史观而言，沈德潜肯定唐诗的成就，但更着眼于近体诗之勃兴对"诗教"与古诗之害；沈氏又以承传的诗史观，将唐代古诗与汉、魏古诗的传统衔接，强调精神上的延续的重要性。换言之，诗可以复古，而重要的是复古者能在模拟古人作品中创造出属于个人的精神面貌。故此，对沈氏而言，唐有古诗，亦有其古诗。这种不拘一隅的诗史观具体地体现于《唐诗别裁集》中不以初、盛、中、晚分期的体例上，这便突破李攀龙《唐诗选》的桎梏于"四唐说"的困局。此外，《唐诗别裁集》立意在诗学上批判性

---

① 沈德潜：《唐诗别裁集》，中华书局1975年版，第192页。
② 同上书，第234页。

地回应《唐诗选》,在"唐无古诗而有其古诗"、七律之争以至五绝之冠谁属等极为富争议性的诗学问题上,沈氏均在选本中逐一与李氏以至于相关论者对话,出入史书与参考前人选本,或引或驳,俱见用心良苦。更重要的是,他在密密麻麻的笺注中为自己的论断梳理出令人信服的脉络来,论证深入,举凡句法、章法以至创作与阅读技巧,均逐一指出,洞若明烛。准此而言,沈德潜以其学者的博识,诗人的灵敏,贯注于《唐诗别裁集》之中,突破了李攀龙《唐诗选》之局限并修正了其诗论的偏颇之处,成为明代以来的唐诗选本中的集大成者,殆无可疑。

第四章

诗学与政治的张力：沈德潜诗论中的"温柔敦厚"

一 前言

历来文学批评史上，有关沈德潜的诗学论述均过于集中讨论格调说以及其诗学主张与当时官方意识形态的关系，对其"温柔敦厚"的诗论则未予以足够的重视。在既有少数有关其"温柔敦厚"的研究中，大多均从政治方面作发挥，至于沈氏提出这一诗学概念的时代背景及其与明代复古诗派的诗学传承关系，以至于这一诗论在其诗学体系中的位置，则仍未有足够深入的论述。

这一章先从清初官方所推行的文艺政策出发，藉此了解沈德潜倡导"温柔敦厚"之时代背景。然后，我们将集中探讨的是沈氏"温柔敦厚"的诗与明代复古诗派、清初王士禛的神韵说以及袁枚的性灵说之间的诗学关系，从而揭示此诗学概念在其诗学系统中的位置。

二 清初的文字狱及其文艺政策

(一) 文字狱

在清初，南方仍存在南明政权，南明之后，郑成功（明俨，

1624—1662）亦在台湾继续抗清的活动。当时亦不乏反清遗民，清廷故而有加强对意识形态的控制的必要。有学者便指出，顺治（福临，1638—1661；1643—1661 在位）、康熙、雍正三朝累兴文字狱，及至乾隆统治期间更达到了顶峰。此时文字狱不仅规模大，牵连广，而且次数也特别多。据统计，乾隆在位六十年（1735—1796）间，大小文字狱即有一百三十件以上。① 由于文字狱的威胁，清代诗风亦为之改变，故而文坛上便有"清真雅正"诗风的倡议，这正是清廷入关以来一直所努力经营与期待的必然结果。

（二）"清真雅正"的提出

现在让我们回溯在雷厉风行的文字狱背后，清廷一直努力营构官方意识形态的过程。清初著名的学者方苞（凤九，1668—1749）在《钦定四书文凡例》中提出：

> 凡所取录，以发明义理，清正古雅，言必有物为宗。②

清中叶的梁章巨（闳中，1775—1849）在其《制艺丛话》里对朝廷推行的文艺政策亦有如此记载：

> 雍正十年始奉特旨，晓谕考官，所拔之文，务令清真雅正，理法兼备。

---

① 郭成康、林铁均：《清朝文字狱》，群众出版社1990年版，第24页。有关清代的查禁书目及文字狱的事件，可参见王彬《禁书·文字狱》，中国工人出版社1992年版，第119—172、321—365页。
② 方孝岳：《中国文学批评》，生活·读书·新知三联书店1986年版，第203页。

至于官方修辑的《四库全书总目》中的"钦定四书文条"则指出：

> 《钦定四书文》，乾隆元年方苞奉敕编。……明洪武初，定科举法，亦兼用经疑。后乃专用经义。其大旨以阐发义理为宗，厥后其法日密，其体日变，其弊亦遂日生。洪、永以迄化、治，风气初开，文多简朴，逮于正、嘉，号为极盛。隆、万则贵机法而趋佻巧，启、祯警僻奇杰而驳杂不醇，猖狂自恣者亦出于其间。于是启横议之风，长倾诐之习，文体蠺而士习坏，士习坏而国运亦随之。我国家列圣相承，谆谆以士习文风勤颁诰诫。我皇上复申明"清真雅正"之训。①

乾隆反复申明"清真雅正"之"训"，将他指导文风的意图暴露无遗。此"训"的反复申明乃鉴于明末文风败坏而士习随之亦坏，继而祸及国运。这是自古已有的观念，如元末明初的杨维桢便曾被斥为"文妖"，② 明末清初的钱谦益亦斥竟陵派的锺惺和谭元春为"诗妖"，并将明朝覆亡归咎于锺、谭二人所倡导的文风所致。③ 明白到文风与国运相系的观念后，便不难明白清初至乾隆时代，官方何以一至鼓吹"清真雅正""清平广大"，以至于重倡儒家"温柔敦厚"的诗教了。当然，背

---

① 方孝岳：《中国文学批评》，生活·读书·新知三联书店1986年版，第203页。
② 明人王彝便作有《文妖》一文专以攻击杨维桢，见郭绍虞主编《中国历代文论选》第2册，上海古籍出版社1990年版，第478页。
③ 钱谦益在《列朝诗集》中则以"诗妖"抨击锺惺与谭元春，见钱谦益撰，钱陆灿编《列朝诗集小传》中册，中华书局1961年版，第571页。

后蕴藏的更是清朝以异族统治中原后为确保基业免受推翻的警惕性。官方提倡"清真雅正",表面上既是发扬儒家传统以统战读书人,更实在的是可藉此而铲除一切对其政权存在或可能存在的话语。

(三) 藉选集以钳制思想

清廷确保其政权稳定的其中一个方式,便是藉选本以达到铲除威胁与控制意识形态之效。据记载,由康熙四十二年(1703)至乾隆十五年(1750)这四十七年间,清廷便进行过五次的选诗,而且都由皇帝所定或亲自选取。据《四库全书总目》记载,康熙四十二年(1703)编成《御定全唐诗九百卷》;康熙四十八年(1709)编《御定四朝诗三百一十二卷》;宋诗七十八卷,作者八百八十二人;金诗二十五卷,作者三百二十一人;元诗八十一卷,作者一千一百九十七人;明诗一百二十八卷,作者三千四百人;康熙五十年(1711)编《御定全金诗七十四卷》;康熙五十二年(1712)编《御选唐诗三十二卷附录三卷》;乾隆十五年(1750)编《御选唐宋诗醇四十七卷》。① 由此频繁而大规模的编收选本可见,清廷对文坛之动态,极为关注。有论者便认为,这是清廷一方面急于在文治方

---

① 永瑢等撰《四库全书总目》下册,中华书局1987年版,第1725、1727、1728页。关于清初官方的选集,方孝岳认为清初几部御选的诗文集,例如《古文渊鉴》《唐宋诗醇》《唐宋文醇》《钦定四书文》等等,都可以代表政府里一班人所鼓吹的心理,具体可参见方孝岳《中国文学批评》,第200页。实际上,编选集正是清廷借以控制意识形态的一种策略。

面有所表现,① 另外亦有笼络文士,② 借以加强思想上的控制。而清廷对文坛的具战略性的关注,亦的确实时产生效应,如施闰章便曾说:

> 今天子湛深古学,喜声诗,使先生(冯溥)日进其所撰,岂不足以鼓吹正始也哉!尝论诗文之道与治乱终始,先生则喟然叹曰:"宋诗自有其工,采之可以综正变焉,近乃欲祖宋、元而祧前,古风渐以不竞,非盛世清明广大之音也,愿与子共振之"。③

天子既喜诗歌,亦留意文坛发展,做臣子的文学观便不再以自己的文学趣向为主了,而是随着官方意识形态方向而倡"清明广大"的诗风,甚至因此而排斥不合温柔敦厚的宋、元诗。施闰章所期许的正是以上官方在《四库全书》所关切的"诗文之道与治乱终始"。施闰章论诗主学问,重情感,又紧随是官方倡导的"温柔敦厚"与"清明广大"的方向。④ 在表现手法上他倡比兴,主含蓄,又反诗中说理:

---

① 周勋初便认为以曹寅为首的《全唐诗》编修接受这项任务后,只花了一年零五个月就大功告成,目的是在追求速效,康熙对此极为满意,因为这正与他要在文治上急于有所表现的愿望相符。见周勋初《康熙御定〈全唐诗〉的时代印记与局限》,《中国文哲研究通讯》1995 年第 2 期。
② 康熙十八年的博学鸿词试便是笼络遗民文人以加强统治的策略之一。相关论述可参马积高《清代学术思想的变迁与文学》,湖南出版社 1996 年版,第 62 页。
③ 施闰章:《佳山堂诗序》,《学余堂诗文集》第 1 册,台湾商务印书馆 1972 年版,第 91 页。
④ 同上书,第 80 页。

古人诗三昧，更无从堆垛学问，正如眼中着不得金屑。坡公谓浩然诗韵高才短，嫌其少料。评孟良是，然坡诗正患多料耳。坡胸中万卷书，下笔万卷书，下笔无半点尘，为诗何独不然？①

其排击宋诗之原因在于宋诗太露、好议论，不合其诗趣；另外亦因为宋诗并未能符合官方"清明广大"与"温柔敦厚"的要求。北宋苏轼之好以议论入诗，讥讽朝廷而获罪的"乌台诗案"正好是给时人一个警示。施氏之见正与上述所引的《四库全书》抨击明代天启、崇祯年间"横议之风"以至"长倾诐之习，文体蘩而士习坏，士习坏而国运亦随之"的观点，实是异曲同工。

当时与施闰章并称"南施北宋"的宋琬（玉叔，1614—1674）亦对钱谦益《列朝诗集》不合"清明广大"之音而大肆抨击，在《赵雍客诗序》中他说：

夫诗之有初盛中晚也，犹《风》、《雅》之音有正变也。运会迁流作者初不自知，而其畛域判然如寒暑、黑白之不可淆。自虞山之诗选出，而学者无所折其衷，其言曰："诗一而已，无所为初、盛、中、晚也。"于是心耳浅薄之士，往往奉为蓍蔡，以平肤汗漫为容与；以便儇粗率为简易；以稗官俚说、里巷卑琐之音为典要。率天下而出于是，岂复有诗也哉！夫季札，吴之贤公子也。适鲁观

---

① 施闰章：《佳山堂诗序》，《学余堂诗文集》第1册，台湾商务印书馆1972年版，第378页。

乐，知列国之兴亡，而自郐以下无讥焉，非以其音寒节促与清明广大异耶！①

从这时期清廷对"清明广大"的盛世之音与"温柔敦厚"的诗教的倡导，以及施闰章与宋琬的推波助澜可以推测，当时文坛已在清廷的控制之下，并以这两个诗学观念加强官方意识形态的建构以及对读书人思想的控制。

(四) 控制思想的策略转型

四库馆臣之重要人物纪昀在乾隆钦定的《唐宋诗醇》中对清初的诗坛有如下剖析：

> 国初多以宋诗为宗，宋诗又弊。王士禛乃持严羽余论，倡神韵之说以救之。故其推为极轨者，惟王、孟、韦、柳诸家。然《诗》三百篇尼山所定，其论诗，一则谓归于温柔敦厚；一则谓可以兴观群怨。原非以品题泉石，摹绘烟霞。洎乎畸士、逸人各标幽赏，乃别为山水清音，实诗之一体，不足以尽诗之全也。宋人惟不解温柔敦厚之义，故意言并尽，流而为钝根。士禛又不究兴观群怨之原，故光景流连，变而为虚响。各明一义，遂各倚一偏，论甘忌辛，是丹非素，其斯之谓欤！……兹逢我皇上，圣学高深，精研六义，以孔门删定之旨品评作者，定此六家，乃

---

① 宋琬著，辛鸿义、赵家斌点校：《宋琬全集》，齐鲁书社2003年版，第17页。

共识风雅之正轨。……实深为诗教之幸,不但为六家幸也。①

这段文字共有三点值得注意:一、宋诗之弊在于不解"温柔敦厚"之义;二、批评王士禛的"神韵"说"不究兴观群怨之原""光景流连,变而为虚响";三、重申传统的儒家"温柔敦厚"的诗教为风雅之正轨。纪昀在此的目的明显不过,就是响应官方的文学为政治服务的号召。

宋诗之被排斥,正在其不合"温柔敦厚"之诗旨。而所谓的"孔门删定之旨",隐含的正是"圣学高深,精研六义"的乾隆以皇帝之姿干预当时的诗坛。乾隆此际亟于提倡的是"共识风雅之正轨"的诗教,亦即是意图将不同的诗论纳入其官方意识形态所设定的框框之中。至于王士禛的"神韵"说被指为"虚响",不合时宜,实与清廷所建构的官方意识形态有莫大的关系。

三 "神韵"与清初的官方意识形态

由以上纪昀在《唐宋诗醇》的《纂校后案》的批评指向可见,清廷对意识形态的控制策略已从清初在科举、制策上的强行同化,到了乾隆时代则已转向对文坛作出明显的干预。纪昀所批评的正是以倡"神韵"而闻名于世的清初诗坛盟主王士禛。

---

① 纪昀:《纂校后案》,乾隆选评,冉苓校点《唐宋诗醇》上卷,中国三峡出版社1997年版,第4—5页。

第四章 诗学与政治的张力：沈德潜诗论中的"温柔敦厚"

王士禛早岁在扬州为推官时所作最为驰名的《秋柳》组诗，便曾被认为是悼念明朝之作。乾隆年间，工部尚书彭元瑞（掌仍，1731—803）便"掎摭"这四首诗的"语疵"，使王氏几乎因此而陷于文字狱。① 其实，王士禛论诗本亦主"温柔敦厚"，只是现在一般的文学批评史甚至当时的人，皆纯粹以"神韵"视作其唯一的论诗宗旨，而不知"温柔敦厚"在王氏诗论中占有极要的位置。② 故而有论者便认为从清初官方提倡的"清真雅正""清明广大"到王士禛的"神韵"再下及沈德潜的"温柔敦厚"之相继出现，实乃一脉相承。③ 事实果真如此？假如"神韵"与沈德潜的"温柔敦厚"乃一脉相承，何以乾隆既批评王士禛的神韵说而却又青睐沈德潜的温柔敦厚说？

其实，历来很多论者均没注意到清初重臣徐干学（原一，1631—694）在其为王士禛撰写的《十种唐诗序》中所透露的王氏诗论与政治之间的重要关系：

> 诗之为教，主于温柔敦厚，感发性情，无古今之别。……唯恐稍涉凌厉，有乖温柔敦厚之旨，亟亟乎其敛

---

① 刘世南：《清诗流派史》，文津出版社1995年版，第206页。
② 方孝岳指出沈德潜的"温柔敦厚"其实是引申自王士禛诗论。见方孝岳《中国文学批评》，生活·读书·新知三联书店1986年版，第223页。
③ 杨松年认为："主张诗情表露应温柔婉曲的诗论者，也常常强调诗必须有余味。……在这一点，就和重神韵、重言外之致的诗说有共通的地方。"见杨松年《温柔敦厚，诗教也——试论诗情之本质与表达》，《中国古典文学批评论集》，三联书店香港分店1987年版，第280页。然而，一般文学批评史则均将王士禛与沈德潜的诗论视为官方意识形态而加以鞭挞。例如，成复旺、黄保真、蔡钟翔《中国文学理论史：明清鸦片战争前时期》，洪业文化事业出版有限公司1994年版，第536页；袁志彬：《沈德潜及其杜诗论（续）》，《杜甫研究学刊》1995年第4期。

而抑之也。其于三百篇之意，庶几有合矣乎。先生金口木舌以警学者，既引有唐诸公为之证据，又别裁伪体，使成善本，用心苦矣。①

作为相知四十年的知交，徐干学对王士禛的诗论与用心必然有相当准确的把握，否则王氏断不会请他作序并将之置于卷首。由徐氏对王氏论诗与选诗宗旨的介绍，王氏绝对是传统儒家诗教的信徒。王氏选诗，如徐氏所说的"意寄深远""机趣蕴蓄""能略得六义之遗者为宗"，即是说"有乖温柔敦厚之旨，亟亟乎其敛而抑之也"，不合"温柔敦厚"之旨，皆不在选录之列。然而，是什么因原导致王氏要"金口木舌以警学者"呢？而他又何以能神韵说主导清初诗坛呢？陈衍（叔伊，1856—937）在《小草堂诗序》中便指出：

  道、咸以前，则慑于文字之祸，吟咏所寄，大半模山范水，流连光景。即有感触，决不敢显然露其愤懑，间借咏史、咏物以附于经史之体。②

这种"流连光景"的特征，正是纪昀在《唐宋诗醇》的《纂校后案》中对神韵说的批评；而恰恰正是王氏的这种徜恍朦胧之诗风，成就了其独具一格的神韵说；亦因为这种诗风，王氏可于诗中寄存个人的真实情怀（包括对前朝败亡之哀），

---

① 王士禛：《十种唐诗选》，广文书局1971年版，第3—4页。
② 陈衍：《石遗先生集》第4卷，艺文印书馆1964年版。

又免于文字狱,故而成为清初诗坛盟主。① 当然,官方需要的是盛世之音,自然不会亦不能了解王士禛之用心良苦了。

由此可见,无论是清初官方提倡的"清真雅正""清明广大",实际上既是清廷所采取的种种钳制思想与高压统治手段必要文艺策略;至于王士禛的"神韵说",亦乃在此文艺政策底下的必然结果。那么,为何在这种的氛围下,沈德潜提倡的温柔敦厚诗论能蔚为大宗?

四 "温柔敦厚"的不同阐释

《礼记·经解》载,孔子(仲尼,公元前551—前479)曰:"入其国,其教可知也,其为人也温柔敦厚,诗教也。"郑玄(康成,127—200)注曰:"《诗》敦厚,近愚。"然而,就诗教而言,温柔敦厚是"诗教"之正,愤怒激越是"诗教"之变。孔子自己常怨以怒,而且其诗教也并排斥怨而怒之诗。《诗经》中怨与怒的作品,不在少数。可以说,温柔敦厚者,乃诗教之常;激愤激越者,乃诗教之变。子曰:"其为人也,温柔敦厚而不愚,则深于诗者也。"孔子本人,正可谓"深于诗者"。唐代的孔颖达(仲达,574—648)《礼记正义》对此解释说:"诗依违讽谏,不指切事情,故云温柔敦厚是诗教也。"然而,一般人不深究孔子对诗教的理解,误以为其诗教

---

① 有关王士禛倡"神韵说"以避祸之论,可参马积高《清代学术思想的变迁与文学》,湖南出版社1996年版,第69—70页;萧华荣《中国诗学思想史》,华东师范大学出版社1996年版,第336页。至于神韵说之所以能主导清初诗坛及神韵说与"清真雅正"的关系,可参见方孝岳《中国文学批评》,生活·读书·新知三联书店1986年版,第200、203—204页。

就止于温柔敦厚而已,当政者特别是入主中原不久的清廷当然乐于见到"清明广大"的盛世之音,故而方有反抗的声音。

以下将以明末清初的诗论大家黄宗羲(太冲,1610—695)与叶燮对于"温柔敦厚"的阐释,以与沈德潜诗学中的"温柔敦厚"作比较。这样,便可以突出"温柔敦厚"在明末至沈氏时代的不同角度的诠释。有这样的比较,可以让我们较为容易把握"温柔敦厚"在沈氏诗学体系中的位置及其作用。

黄宗羲在《陈苇庵年伯诗序》中对"温柔敦厚"有如下理解:

> 风自《周南》《召南》,雅自《鹿鸣》《文王》之属以及三颂,谓之正经,懿王、夷王而下讫于陈灵公淫乱之事,谓之变风、变雅,此说诗者之言也。而季札听诗,论其得失,未尝及变;孔子教小子以可群可怨,亦未尝及变。然则正变云者,亦言其时耳,初不关于作诗者之有优劣也。美而非谄,刺而非讦,怨而非愤,哀而非私,何不正之有?①

基于这样的理解"正""变",黄宗羲在《缩斋文集序》中称许他的弟弟黄宗会(泽望,1618—1663)的诗作:

> 泽望之为诗文,高厉遐清,其在于山,则铁壁鬼谷也;其在于水,则瀑布乱礁也;其在于声,则猿吟而鹳鹤欸且笑也;其在平原旷野,则蓬断草枯之战场,狐鸣鸱啸之芜

---

① 黄宗羲:《黄宗羲全集》第10册,浙江古籍出版社1985年版,第45页。

城荒殿也；其在于乐，则变征而绝弦也。盖其为人，劲直而不能屈己，清刚而不能善世，介特寡徒，古之所谓隘人也。隘则胸不容物，并不能自容。其以孤愤绝人，彷徨痛哭于山巅水滏之际，此耿耿者，终不能下，至于鼓胀而卒，宜矣！①

由黄氏兄弟的诗歌风格与诗论主张可见，明遗民推崇的诗歌风格既迥然不同于清廷的文艺政策的。然而沈德潜言诗的"正"与"变"，却得到与黄宗羲截然不同的结论。在沈氏而言，《离骚》中的怨怼便是"变"，是"侘傺噫郁之音"，因肯定其忠君忧国之思而不在排斥之列，但显然是"正""变"有别，假若"侘傺噫郁之音"非出自屈原这样的忠臣之口，那当然是在排斥之列了。然而，黄宗羲却直接将"美而非谄，刺而非讦，怨而非愤，哀而非私"之作视作"正"。两者之别显然在于两人的身份与心态之不同：黄氏秉持的乃遗民对于明朝覆亡之痛，故而肯定悲愤之作；及至沈氏之际，这一辈的文人大抵已没有明遗民对清廷之仇视心态，故而注重的乃诗歌的社会效应。

现在再让我们看看黄宗羲与沈德潜二人如何处理"温柔敦厚"在诗歌上的表现手法。黄氏说：

> 盖诗之为道，从性情而出，人之性情，其甘苦辛酸之乐未尽，则世智所限，易容埋没。……诗之为温厚和平，

---

① 黄宗羲：《黄宗羲全集》第10册，浙江古籍出版社1985年版，第12页。

至使开卷络谷,寄心冥漠,亦是甘苦辛酸之迹未泯也。①

这里强调的是诗人的性情流露。在《金介山诗序》中黄氏又称许其友人金介山没有"诗必盛唐"的桎梏,直抒胸臆,道出作为遗民之悲愤,绝不为了近世好"温柔敦厚"之名而矫揉造作,埋没个人对世情的真感受。而且,他指出,即使是后人所推许恬淡自适的陶渊明(元亮,365—427),也是抒情高手,但这并不妨碍其诗之"温柔敦厚"。此乃其所谓"温柔敦厚之教,见于诗外也"。这是需要去仔细体味方可领略的。② 故而,黄宗羲在《黄孚先诗序》中抨击时人的"无性情"。③ 黄氏指出当时的人"无性情可出"是不无道理的。在严苛的政态势底下,动辄株连九族,隐没个人的真情感才是上策。这亦正是何以王士禛之"神韵"之说被视为乃出于自保而为徜恍之诗说。④ 黄氏在这里强调的是尽情发泄勃发于中的情感,而称为"温柔敦厚"。相对来说,沈德潜论诗亦重真性情,而其表现手法则大异于黄氏:

> 古人意中有不得言之隐,借有韵语以传之。如屈原《江潭》、伯牙《海上》、李陵《河梁》、明妃《远嫁》,或慷慨吐臆,或沈结含凄,长言短歌,俱成绝调。若胸无感

---

① 黄宗羲:《黄宗羲全集》第10册,浙江古籍出版社1985年版,第46页。
② 同上书,第88页。
③ 同上书,第30页。
④ 如马积高所说的王士禛的神韵诗风乃"避实就虚"以免获罪,参见马积高《清代学术思想的变迁与文学》,湖南出版社2002年版,第69—70页。

触，漫尔抒词，纵办风华，枵然无有。①

相对黄宗羲的偏向直抒胸臆，沈氏重诗的"蕴蓄"，因而重比兴：

> 事难显陈，理难言罄，每托物连类以形之。郁情欲舒，天机随触，每借物引怀以抒之。比兴互陈，反复唱叹，而中藏之欢愉惨戚，隐跃欲传，其言浅，其情深也。倘质直敷陈，绝无蕴蓄，以无情之语而欲动人之情，难矣。②

又说：

> 讽刺之词，直诘易尽，婉道无穷……苏子所谓不可以言语求而得，而必深观其意者也。③

沈德潜既言比兴，所强调的皆是"言浅而情深"。矛盾的是，质直敷陈，虽然绝无蕴蓄，但又何至于称为"无情语"呢？这里所谓的"无情语"并非指没有感情，而是指言语上过于激烈而招人反感，反而难以令人产生共鸣。沈德潜在《说诗晬语》中一直坚持含蓄委婉之道，立意要正，称许《庐江小吏妻》"悲怆之中，自足温厚"，④抨击唐人《弃妇诗》为"轻薄

---

① 沈德潜：《说诗晬语》，《原诗 一瓢诗话 说诗晬语》，人民文学出版社1998年版，第187页。
② 同上书，第187页。
③ 同上书，第190—191页。
④ 同上书，第200页。

之言，了无余味。"① 既不废诗可怨可讽的原义，然却又非常强调措辞要委婉，重言外之意，说："讽刺性之词，直诘易尽，婉道无穷。"② 又说：

> 庄姜贤而不答，由公之惑于嬖妾也。乃《硕人》一诗，备形族类之贵，容貌之美，礼仪之盛，国裕之富，而无一言及庄公，使人言外思之。故曰"主文谲谏"。③
>
> 宣王，中兴主也，然其后或宴起，或料民，至废鲁嫡，杀杜伯，而君德荒矣。诗人于东都朝会时，终之以"允矣君子，展也大成"。何识之远而讽之婉也。汉人《长杨》、《羽猎》，那能得此？④

亦因为对"怨"与"讽"委婉含蓄的强调，沈德潜蔑薄宋诗之浅率粗鄙而缺乏含蓄深蕴之美：

> 宋初台阁倡和，多宗义山，名"西昆体"。梅圣俞、苏子美起而娇之，尽翻窠臼，蹈厉发扬，才力体制，非不高于前人，而渊涵之趣，无复存矣。⑤

他这样比较唐、宋诗之别：

---

① 沈德潜：《说诗晬语》，《原诗 一瓢诗话 说诗晬语》，人民文学出版社1998年版，第200页。
② 同上书，第190页。
③ 同上书，第192页。
④ 同上书，第193页。
⑤ 同上书，第233页。

> 唐诗蕴蓄，宋诗发露，蕴蓄则韵流言外，发露则意尽言中。①

这样便不难明白何以他在唐、宋诗上有所偏向了。② 唐诗的"蕴蓄"正合"温柔敦厚"，宋诗的"发露"很可能是杀身之源，尤以当世严苛的政治氛围更甚。

同样，沈氏对于"温柔敦厚"的理解与其师叶燮亦相当不同。叶燮在《原诗》中说：

> 大抵近时诗人……袭古来所云忠厚和平、浑朴典雅、陈陈皮肤之语，以为正始在是，元音复振，动以道性情、托比兴为言。其诗也，非庸则腐，非腐则俚。③

在此，叶氏对儒家诗教的批评可谓相当严厉，然而其所批评的却正是作为其弟子的沈德潜日后所大力提倡的，而又备受乾隆所推崇的"温柔敦厚"。叶氏认为"温柔敦厚"有"体"与"用"之分，先秦儒家的"温柔敦厚"之诗说乃"体"，后世因为世道之不同而产生变异的"温柔敦厚"乃"用"，是可以理解及接受的，故而说无须"执而泥之"。④ 同样论及《巷

---

① 沈德潜：《凡例》，《清诗别裁集》，中华书局1975年版，第3页。
② 沈德潜尝自言："德潜于束发后，即喜钞唐人诗集。时竞尚宋元，适相笑也。迄今几三十年，风气骎上，学者知唐为正轨矣。"见沈德潜《唐诗别裁集》，中华书局1975年版，第1页。但是他也说并没有因喜唐诗而贬斥宋、元诗，晚年在门人陈明善的协助下也编选了《宋金三家诗选》。
③ 叶燮：《原诗》，《原诗 一瓢诗话 说诗晬语》，人民文学出版社1998年版，第34页。
④ 同上书，第7页。

伯》与《投畀》两诗,沈德潜却这样解释:

> 《巷伯》恶恶,至欲"投畀豺虎","投畀有北",何尝留有余地?然想其意,正欲激发其羞恶之本心,使之同归于善,则仍是温厚和平之旨也。《墙茨》、《相鼠》诗,亦须本斯意读。①

对同一首诗而竟有如此迥然不同的诠释,完全乃基于两人对"温柔敦厚"的不同理解。叶燮乃就字面的意思理解,故而认为这两首诗不合"温柔敦厚"。沈德潜何尝不明了这两首诗的字面意思?他是从《诗经》中收录这两首诗的目的("想其意")出发,认为是为了激发读者的"羞恶本心,使之同归于善",故而认为"仍是温厚和平之旨也"。

另外,叶燮乃以"变"而言"温柔敦厚",故而认为不同朝代有不同朝代的"温柔敦厚",强调"作者神而明之",亦即是说没有特定的"温柔敦厚"的典范。相对来说,沈德潜则认为"温柔敦厚"有"极则":

> 《州吁》之乱,庄公致之,《燕燕》一诗,犹念"先君之思";七子之母,不安其室,非七子之不令,而《凯风》之诗,犹云"莫慰母心"。温柔敦厚,斯为极则。②

---

① 沈德潜:《说诗晬语》,《原诗 一瓢诗话 说诗晬语》,人民文学出版社1998年版,第194页。对于沈德潜强以温柔敦厚释《巷伯》这样直刺的诗,招来不少批评,可参见敏泽《中国文学理论批评史》下册,人民文学出版社1981年版,第906页。

② 沈德潜:《说诗晬语》,《原诗 一瓢诗话 说诗晬语》,人民文学出版社1998年版,第191页。

因此他极之推崇杜诗，因而有《杜诗偶评》垂世，作为学诗典范。

有不少学者均将沈德潜的"温柔敦厚"措置于由清初施闰章鼓吹的"清明广大"之音，以至于官方所推行的"清真雅正"的意识形态脉络之内。① 事实真的如此吗？清初诗坛中的"温柔敦厚"实有两种不同的指涉：一种是明朝遗民诗人所谓的"温柔敦厚"，往往多激烈之辞，不合传统儒家的诗教观；另一种则是清廷及受官方影响的文人所强调的"温柔敦厚""清平广大"或"清真雅正"。前者乃因世变而对"温柔敦厚"形成另一种观点，而后者则出于统治需要，是清廷自入主中原以来所努力营构的官方意识形态的延续。沈德潜在《说诗晬语》中有一段话可让我们进一步理解其"温柔敦厚"：

> 《离骚》者，诗之苗裔也。第《诗》（《诗经》）分正变，而《离骚》所际独变，故有侘傺噫郁之音，无和平广大之响。读其词，审其音，如赤子婉恋于父母侧不忍去。要其显忠斥佞，爱君忧国，足以持人道之穷矣。尊之为"经"，乌得为过？②

他将《离骚》与《诗经》分别视作"变"与"正"之分。因为《离骚》是"变"，故而有"侘傺噫郁之音"，这是相对于《诗经》的"和平广大之音"而言的。虽则"正""变"有

---

① 马积高认为沈德潜的诗论乃文字狱的高压手段之下的产物。见马积高《清代学术思想的变迁与文学》，湖南出版社2002年版，第123页。

② 沈德潜：《说诗晬语》，《原诗　一瓢诗话　说诗晬语》，人民文学出版社1998年版，第196页。

等差，沈氏也肯定诗可以怨：

  《天问》一篇，杂举古今来不可解事问之，若己之忠而见疑，亦天实为之。思而不得，转而为怨，怨而不得，转而为问，问君问他人不得，不容不问之天地也。此是屈大夫无可奈何处。①

然而，他又强调诗歌在宣泄个人情绪上不应过于激烈：

  人有不平于心，必以清比己，以浊比人；而《谷风》三章，转以泾自比以渭比新昏，何其怨而不怒也。②

又说："《九章》感悟无由，沈渊已决，不觉其激烈而悲怆也。"③ 总的来说，沈氏的"和平广大之音"与清初的"清真雅正"、宋琬等人的"清明广大之音"并不相同；但是，其不同于官方文艺政策的是，他只是就诗论诗的纯文学上的讨论，并没有足够资料足以证明其所提出"温柔敦厚"有任何的政治倾向。

  而另一个致使沈德潜非常强调儒家温柔敦厚的诗教作用的原因，则是诗学上的理想：

  诗之为道，可以理性情、善伦物、感鬼神、设教邦国、

---

① 沈德潜：《说诗晬语》，《原诗 一瓢诗话 说诗晬语》，人民文学出版社1998年版，第196—197页。
② 同上书，第191页。
③ 同上书，第197页。

应对诸侯,用如此其重也。秦汉以来,乐府代与;六代继之,流衍靡曼。至有唐而声律日工,托兴渐失,徒视为嘲风雪、弄花草、游历燕衎之具,而"诗教"远矣。学者但知尊唐而不上穷其源,犹望海者指鱼背为海岸,而不自悟其见之小也。今虽不能竟越三唐而不上穷其源,犹望海者指鱼背为海岸,而不自悟其见之小也。今虽不能竟越三唐之格,然必优柔渐渍,仰溯《风》《雅》,诗道始尊。①

他首先重申的也不外是儒家的一套关于诗在社会与伦理上的功能与效用,然而接下去他大篇幅所论析的乃是诗教作为突破"三唐之格"的作用。这便是他个人的创见所在。沈德潜虽尝自言性好唐诗,当举世学宋诗仍不为所动。② 然而,他并非一味推崇唐诗,他认为唐代近体日工而导致"托兴渐失",离传统的诗教日远。故此,他认为上溯诗歌之源,"诗教"乃突破唐诗的缺口所在。

由以上的分析可见,沈德潜所理解的"温柔敦厚"乃真正的贴近孔子的原意。沈德潜之亟于重倡"温柔敦厚"的传统儒家诗教,乃明了到当时的创作与官方意识形态的紧张关系,在某种程度上,正如徐干学在为王士禛的《十种唐诗选》所撰写的序中所言,乃金口木舌,警惕创作者在创作时应兼顾到其他外来因素:在抒发胸臆之际要做到含蓄不露,令听者油油善

---

① 沈德潜:《说诗晬语》,《原诗 一瓢诗话 说诗晬语》,人民文学出版社1998年版,第187页。明末清初的诗论家王夫之亦与沈德潜一样,认为"诗教"亡于唐代。见王夫之评选,张国星校点《古诗评选》第5卷,文化艺术出版社1997年版,第259页。

② 沈德潜:《唐诗别裁集》,中华书局1975年版,第1页。

入。故而其对温柔敦厚的理解当然与清初黄宗羲等遗民的忧时伤国、大吐块垒的诗外之教的"温柔敦厚"便大为不同。沈德潜亦肯定诗的讽喻功能,然强调委婉含蓄,故而倡比兴。这是他抨击宋诗的发露、称许唐诗的含蓄的原因所在,故而其对"温柔敦厚"的强调乃出于补济诗学上的不足,故而又不同于其师叶燮的理解。而若将以上沈德潜温柔敦厚说的种种条件与纪昀等人在《唐宋诗醇·校后案》中对王士禛神韵说的流连光景、不究兴观群怨、斥宋诗的发露等观点作比较,便不难明白何以沈德潜的"温柔敦厚"的诗论能得到乾隆的青睐了。① 乾隆一眼便看出王士禛并非真正的吟风弄月;而沈德潜则既能要求写出真性情而又不至于触犯文网,正符合其要求,当然有必要大肆推扬,而且既可以藉此推行其文艺政策,又可获到礼贤下士、君臣和谐之美名,何乐而不为?

五 "温柔敦厚"与明代复古诗派之"格调"

沈德潜承明前、后七子的格调说于享盛名于清中叶,然而则又高举"温柔敦厚"的诗教说。其实,"格调说"与"温柔敦厚"对于沈德潜来说是相辅相成,互为补足,缺一不可。郭绍虞认为:

---

① 吴兆路便认为:"历史发展到清代,统治者为了清除排满思想,曾屡兴文字狱,文人动辄得咎,因而诗中'温柔敦厚'的表现手法更受人重视。其中最具有代表性的人物便是沈德潜。"见吴兆路《沈德潜"温柔敦厚"说新解》,《文学遗产》1997年第4期,以及吴兆路《中国性灵文学思想研究》,文津出版社1994年版,第117页。

第四章　诗学与政治的张力：沈德潜诗论中的"温柔敦厚"　　107

由温柔敦厚言，所以重在比兴，重在含蓄，重在反复唱叹，重在婉陈，重在主文谲谏；勿过甚，勿过露，勿过失实。《说诗晬语》中评诗之语很多关于这方面的话。由格调言，所以须论法，须学古，讲诗格，讲诗体，勿求新异，勿近戏弄。《说诗晬语》中论诗之语又很多关于这方面的话。①

就诗歌艺术而言，沈德潜既在明前、后七子格调说的创变上以格调为主导，而融以神韵。由此可见，沈氏洞悉到严羽诗论一体的两面，而又以性灵贯穿两者。故此，这贯穿格调与神韵的性灵自不能如明代公安派的以至清代性灵派的袁枚诗论的流于轻佻流利。② 故而，温柔敦厚的传统诗教便是性情的培养以至于在诗歌的表现手法方面的含蓄委婉。③ 然而，从性情方面要求"温柔敦厚"而要求表现于诗歌中，这不啻是对创作的一种局限。沈德潜乃在格调的基础上提出"温柔敦厚"的，在《施觉庵考功诗序》中他便说：

诗之为道也，以微言通讽谕。大要援此譬彼，优游婉顺，无放情竭论而人徘徊自得于意言之余。三百以来，代

---

①　郭绍虞：《中国文学批评史》，上海古籍出版社1988年版，第513页。
②　郭绍虞指出："他（沈德潜）既讲格调，又讲温柔敦厚，所以不致如神韵说之空廓，同时也不致如性灵之浮滑。"见郭绍虞《中国文学批评史》，上海古籍出版社1988年版，第513页。
③　郭绍虞指出："由格言，可不必越三唐之格；由志言，更须仰溯风雅，然后为正。所以三唐之格是由'诗之本'以规定的正格；而温柔敦厚的诗教，乃是由'诗人之本'以规定的正格。"见郭绍虞《中国文学批评史》，上海古籍出版社1988年版，第513页。

有升降，旨归则一也。惟夫后之为诗者，哀必欲涕，喜必欲狂，豪则纵放，而戚若有亡。戾厉之气胜而忠厚之道衰，其于诗教日以偯矣。①

所谓"哀必欲涕，喜必欲狂，豪则纵放"所指乃为诗者在情感上的毫无节制。然而，这并不意味诗不能作为抒发情感的文类，而是因为情感失控则失"忠厚之道"。这便是沈氏亟于重新提倡传统诗教的理由所在。无论是意在抒情还是旨在讽谕，在沈氏论诗的角度而言，均不宜过于直接。"援此譬彼，优游婉顺，无放情竭论"的表现手法所呈现的是含蓄而不失讽谕的功能。相对来说，温柔敦厚的表现手法较直接的揭露更显得优柔不迫，而又意味无穷，这才是真正地为诗之道，讽谕之旨，亦是他重倡诗教说以济格调说之所在。

一般来说，气象雄奇阔大之作均少不了吐露胸臆、抒发意气之作历代文人诗作上的弊病。复古诗派中人却基于对政治的寄望与对现实的不满，讽刺君上或朝廷之作颇多，尤以李梦阳为最。正德七年，武宗调宣府、大同等地的边军入驻紫禁城，由江彬、许泰等率领；又令宫中太监组成一支队伍，与边军玩打仗的游戏，通宵达旦，浩浩荡荡。李梦阳极为不满，故而作《内教场歌》：

> 雕弓豹韔骑白马，大明门前马不下。径入内伐鼓。大同耶？宣府耶？将军者许耶？（一解）武臣不习威，奈彼四夷。西内树旗，皇介夜驰。鸣炮烈火，嗟嗟辛苦。（二解）

---

① 沈德潜：《沈归愚诗文全集》第 3 册，清乾隆年间刊本，第 11 卷。

第四章 诗学与政治的张力：沈德潜诗论中的"温柔敦厚"

武宗又四处耍乐，极为滋扰民生，李梦阳则作《君黄马》讥之：

> 君黄马，臣四骊，飞轩驶駛交路逵，锦衣有曜都且驰。前径狭以斜，曲巷不容车。攘臂叱前兵，掉头麾后驱，毁彼之庐行我舆。大兵拆屋梁，中兵摇楣栌，小兵无所为，张势骂蛮奴。尔慎勿言谍者来，幸非君马汝不夷。①

这样的作品绝不可能出现于在清代出仕者的诗集中，尤其是康、雍、乾三朝文网极炽之际。故此，明代前、后七子之作谈不上"温柔敦厚"，故而"温柔敦厚"的诗教说在彼等的诗论中自然远不及处于清朝文字狱最炽盛的沈德潜诗论中来得重要。

在沈氏眼中，诗歌中既有碧海鲸鱼、巨刃摩天之风格而又兼具温柔敦厚的内容与表现手法的则只有杜甫。在沈德潜的《唐诗别裁集》中，从他评点杜甫的诗歌中可知杜甫之所以为沈德潜所推为格调派的典范正在于杜诗乃兼具"格调"与"温柔敦厚"两者。在《唐诗别裁集》卷二的杜甫小传中，沈德潜道出了杜诗兼具"温柔敦厚"与"格调"的特点：

> 圣人言诗自兴观群怨，归本于事父事君。少陵身际乱离，负薪拾橡而忠爱之意惓惓不忘，得圣人之旨矣。……少陵诗阳开阴阖，雷动风飞，任举一句一节，无不见此老

---

① 以上三首刺上之作见李梦阳《空同集》第8卷，上海古籍出版社1991年版，第60页；第6卷，第46页。

面目,在盛唐中允推大家。①

杜甫在乱离之际仍不忘忠爱,故而得圣人"温柔敦厚"之诗旨。然而,杜甫之所以为杜甫,其成就并不止于此,他还有阳开阴阖、雷动风飞的雄浑格调一面。沈氏乃结合杜诗中的这两方面才推之为盛唐大家的。沈德潜在杜诗的实际批评中以"格调"与"温柔敦厚"作为基准的,更是比比皆是。在评《奉赠韦左丞丈二十二韵》有如下评语:

> 抱负如此,终遭阻抑。然其去也无怨怼之词,有迟迟我行之意,可谓温柔敦厚矣。②

又在卷六评杜甫的七言古如下:

> 少陵七言古如建章之宫,千门万户,如巨鹿之战,诸侯皆从壁上观,膝行而前,不敢仰视,如大海之水,长风鼓浪,扬泥沙而舞怪物灵蠢毕集,别于盛唐诸家,独称大宗……一饭未尝忘君,其中忠孝与夫子事父事君之旨有合,不可以寻常诗人例之。③

可见杜诗之所以为沈氏推为典范乃在于其诗兼容格调方面的阔大气象,然又包含温柔敦厚的思想内容。然而,杜甫在沈

---

① 沈德潜:《唐诗别裁集》,中华书局1975年版,第29页。
② 同上书,第29页。
③ 同上书,第92页。

氏的诗学标准中，并不止于盛唐气象概括之，因为杜诗乱离之苦与独特的技巧中已超越盛唐诗中的诗歌范畴，故而，推之为别于盛唐而独称大宗，不以寻常诗人视之。

六　袁枚对"温柔敦厚"之攻击

另一位与"温柔敦厚"的理解上大异于沈德潜的应是性灵派的袁枚。在文学批评史上，沈德潜一般被视作提倡"格调"而成一代诗学宗师，并继提倡"神韵"的王士禛之后而成为诗坛盟主。另外，又往往将提倡"性灵"的袁枚视作为沈氏所提倡的"格调"的反对者。① 袁枚固然有非议沈氏的"格调"之说，袁枚借杨万里的话讥讽沈氏说只有天分低拙而不解风趣者才好谈格调，而有天才又风趣者如他自己则写性灵。② 然而，在袁枚致沈氏的可见的两封书信中，袁枚似乎更着重于批评沈氏的另一诗论核心——"温柔敦厚"的评诗及选诗标准。在《答沈大宗伯论诗书》中，袁枚这样抨击沈氏"温柔敦厚"的论诗主张：

> 至所云诗贵温柔，不可说尽，又必关系人伦日用。……孔子之言，戴经不足据也，惟《论语》为足据。③

---

① 表面看来，袁枚似乎乃以异端的姿态挑战坚守正统诗教的沈德潜；然而，沈氏死后乃是袁枚为他撰写墓志铭。见袁枚《太子太师礼部尚书沈文悫公神道碑》。由此可见，沈、袁二人的关系匪浅，并未因诗论的不同而成宿敌。
② 袁枚著，顾学颉校点：《随园诗话》上册，人民文学出版社1998年版，第2页。
③ 袁枚著，周本淳标校：《小仓山房诗文集》下册，上海古籍出版社1988年版，第1503页。

在《再与沈大宗伯书》中袁枚又说:

> 闻《别裁》中独不选王次回诗,以为艳体不足垂教,仆又疑焉。夫《关雎》即艳诗也,以求淑女之故,至于辗转反侧。使文王生于今遇先生,危矣哉!①

袁枚因为沈德潜所编选的《清诗别裁集》中不选王次回而质疑其选诗标准,甚至藉此而挑战传统以来以"温柔敦厚"为准则的儒家诗学传统。袁枚其实有所误解,因为王次回是明朝人,其诗当然不会出现于《清诗别裁集》。② 在此,袁枚质疑的是《戴经》乃后人所托,又指出《诗经》的首篇《关雎》即是艳诗,从而对"温柔敦厚"的诗教说作出彻底的挑战与否定。此外,袁枚又从"六义"上分别厘析诗歌并非一定只限于含蓄,他认为诗既可说尽,又不一定要关人伦日用。③ 袁枚在此既质疑经典的可靠性,又跳出传统对六义的阐释,发挥个人对传统诗学的理解,遂在沈德潜提倡的"格调"与"温柔敦厚"之外,另辟"性灵"的诗学主张。从现存的文献,我们看不到沈德潜对袁枚的回复。整体而言,沈氏对一些不羁、浪漫的诗人如"公安三袁"、王次回都没好感,甚至可以说有恶感,从其选集如《明诗别裁集》与《清诗别裁集》的取向,便可见一斑。袁枚在诗学上乃后起之秀,站在

---

① 袁枚著,周本淳标校:《小仓山房诗文集》下册,上海古籍出版社1988年版,第1504页。
② 王次回著,郑清茂校:《王次回诗集》,联经出版社1984年版,第17—18页。
③ 袁枚著,周本淳标校:《小仓山房诗文集》下册,上海古籍出版社1988年版,第1503页。

历史高度的而言,其诗学理想传承了明末公安派诗学之叛逆色彩,在文字狱炽盛的时代而有如此胆识实在值得钦佩。实际上,温柔敦厚与性灵有何根本的冲突?上述的论述已印证了沈德潜拈出温柔敦厚此诗论在政治与诗学上的必要性,在此不赘。然而,袁枚之拈出性灵以作抗衡,其实只是见木不见林,并非理论上的商榷,对于沈德潜之用心以及其诗学体系,似乎都缺乏一份理解的耐心与切磋的虚心。或是故意而为,以为崛起文坛之旗帜。事实上,从袁枚以至于当下很多文学史对沈德潜诗论中的温柔敦厚的批评,或有所不见,或失诸偏颇。

七 结语

从上述对沈德潜"温柔敦厚"以及其与清初以来的相关诗学理念的关系的探讨,清廷官方自康熙初期至乾隆统治期间政治对文学的刻意挪用以及文学与政治的紧张关系,由此可见一斑。沈德潜重申"温柔敦厚"的作用,在诗学上的重要意义在于他以这一诗学概念补济明代复古诗派在"格调"上的缺失,至为关键的是其对温柔敦厚的深入而细腻的创造性诠释,为格调派诗学在清代严苛的政治态势底下寻觅了一位生存的空间。故而,温柔敦厚与格调乃沈德潜诗学体系中两个重要的核心概念,而两者又有密不可分的互动关系。

沈德潜因为与乾隆的关系而令其诗学也蒙上政治的影子,但这并不表示沈德潜的诗论乃因应清廷的统治需要而产生。由以上的论述可见,沈德潜乃纯粹的文人与诗学理论家,其诗学理论独立于政治,否则他便不会在《清诗别裁集》中选入为乾隆所疾恶的钱谦益等人的诗作而备受痛斥。悲哀的是，沈氏死后却因曾为后来陷于文字狱的徐述夔（赓雅，生卒年不详）的《一柱楼集》作序而遭夺谥及扑碑，这正是在诗学与政治的张力底下，一代文人悲哀的缩影。

第五章

别裁伪体归雅正：沈德潜编选的六种选本

一 前言

一个诗学理论家之所以能对当时及后世产生深远的影响，个人的诗学主张是否具创造性固然重要，而弟子的揄扬、与文坛中人互相酬唱，亦不可缺少，更重要的是藉着刊行个人所编选、批点的选本以发挥其影响力与传播诗学理念，其实际影响力或许更为具体而深远。鲁迅（周树人，1881—1936）便曾说过：

> 凡是对于文术自有主张的作家，他所以赖以发表和流布自己的主张的手段，倒并不在作文心，文则，诗品，诗话，而在出选本。①

选本之重要性，可见一斑。

---

① 鲁迅：《选本》，《鲁迅文集全编》第1册，国际文化出版公司1995年版，第1319页。

以下探讨的是清代诗学大家、格调派宗师沈德潜所编选的六种诗选本。我们首先要看的是他的选诗标准，从其选诗的标准以及其实际选诗，我们可以得见其选诗理念与官方意识形态之间的冲突之余，亦从而可以推翻长期以来文学史上及相关论述将沈氏定位为乾隆的御用诗人的错误。其次，我们将对于早于沈氏的选本之前所流行的几种著名选本略作分析，以掌握当时诗坛概况，然后再整合其所编选的《古诗源》《唐诗别裁集》《宋金三家诗选》《明诗别裁集》《清诗别裁集》以及《杜诗偶评》这些选本所展示的诗学理念，借以观察他如何面对明代中叶至清初所遗留的诗学问题。

二　选诗标准、评点的方法及实际批评

1. 选诗标准

沈德潜选诗首重道德，甚至将选诗抬高到关乎社会道德的高层次，他关注诗选对人心道德的影响，故此十分强调编选诗者的责任：

> 分别去取，使后人心目有所准则而不惑者，唯编诗者责矣。……而诗教之衰，未必不自编诗者遗之也。夫编诗者之责，能去郑存雅，而误用之者，转使人去雅而群趋乎郑，则分别去取之间，顾不重乎？尚安用意见，自私求新好异于一时以自误而误人也！①

---

① 沈德潜：《原序》，《唐诗别裁集》，中华书局1975年版，第1页。

第五章 别裁伪体归雅正：沈德潜编选的六种选本

编诗者的去取之间既关乎"诗教"的盛衰与整个社会的风气，故而不能"求新好异"，亦不能纯以个人的喜好或文学趣味选诗。因此，韦谷的《才调集》备受批评。① 他又说：

> 晋人子夜歌，齐梁人读典等歌，俚语俱趣，拙语俱巧，自是诗中别调，然雅音既远，郑卫杂兴，君子弗尚也，愚于唐诗选本中不收西昆香奁诸体，亦是此意。②

所谓"雅音"与"郑卫之音"的区别，在于"雅音"承袭的是儒家的诗学传统，而西昆体远承李商隐，虽在北宋初期风行一时，然却非沈德潜所强调的诗歌合为人伦日用，故而被排斥。故此，他这样抨击明代至清初在选诗上的流弊：

> ……顾自有明以来，选古人之诗者，意见各殊。嘉、隆而后，主复古者拘于方隅，主标新者倘而先矩，入主出奴，二百年间，迄无定论。而时贤之竟尚华辞者，复取前人所编秾纤浮艳之习，扬其余烬，以易斯人之耳目，此又与于歧趋之甚。③

"复古者"的选诗当指明中叶的李攀龙所编选的《古今诗

---

① 沈德潜：《说诗晬语》，《原诗 一瓢诗话 说诗晬语》，人民文学出版社1998年版，第255页。
② 沈德潜：《古诗源》，上海印书馆1962年版，第3页。
③ 沈德潜：《唐诗别裁集》，中华书局1975年版，第1页。

删》(《唐诗选》)①,而"标新者"的选诗当指明末竟陵派的钟惺与谭元春所编选的《诗归》。前者"拘于方隅",而后者则"佴而先矩",均不惬沈氏之意。至于所谓"时贤之竟尚华辞者",当指钱谦益的门人冯舒(己苍,1593—1649)所批点的韦谷(生卒年不详)的《才调集》②。

沈德潜选诗的另一标准,便是不为交游结纳而选:

> 国朝选本诗,或尊重名位,或藉为交游结纳,不专论诗也③。

沈氏在此指出,清初以来之选诗,或为尊名位,或为图结纳等的不良风气,可见他推崇的乃是从纯诗学的角度出发选诗。这与李攀龙在《古今诗删》的"选明诗"中,以友朋为主的重个人交游结纳的态度截然不同。李攀龙在《古今诗删》的"选明诗"部分竟选诗名不甚了了的友人许邦才三十四首诗,排"选明诗"中的第七位,比明初享盛名的刘基(伯温,

---

① 传为李攀龙所选的《唐诗选》,乃后人从其所编选的《古今诗删》中撷取"选唐诗"的部分而刊行于世。《四库全书总目·唐诗选七卷》第192卷云:"攀龙所选历代之诗,本名诗删,此乃摘其所选唐诗,汝询亦有唐诗解,此乃割其注,皆坊贾所为,疑蒋一葵之直解,亦托名矣。"见永瑢等撰《四库全书总目》下册,中华书局1987年版,第1749页。有关《古今诗删》与《唐诗选》的各种不同版本及其刊行的情况,可参许建崑《李攀龙文学研究》,文史哲出版社1987年版,第290—314页。

② 在沈德潜之前的王士禛早已对冯班(定远,1614—1681)、冯舒两兄弟所提倡的晚唐绮靡诗风及评点《才调集》表达了不满。见王士禛《古夫于亭杂录》,《池北偶谈(外三种)》,上海古籍出版社1993年版,第648页。当时,对这种晚唐绮靡诗风推波助澜的还有沈德潜的诗论宿敌袁枚,他亦以《才调集》作为传授弟子诗法的模板。见王昶《湖海诗传》上册,商务印书馆1958年版,第150页。

③ 沈德潜:《凡例》,《清诗别裁集》,中华书局1975年版,第3页。

1311—1375）还要高出两位。故而李氏之选，被斥为"好用私情"。① 而钱谦益专为攻击复古诗派而选的《列朝诗集》，亦不脱李攀龙在选诗上以友朋为主而不问作品好坏的流弊。因此，沈德潜才强调"以诗存人，不以人存诗"② 之重要性。

2. 评点的方法

沈德潜认为，一部理想的选本，除了选诗要合乎"温柔敦厚"的诗教外，评点亦同样重要，因为评点影响学诗者非常深远，故而他对评点有如下的严谨要求：

> 方虚谷《瀛奎律髓》，去取评点，多近凡庸，特便于时下捉刀人耳。《鼓吹》一书嫁名元遗山者，尤为下劣。学者以此等为始基，汩没灵台，后难洗涤。昔康昆仑学琵琶，段师令其十年不近乐器，洗尽邪杂，方许受教。作诗家毋误入路头，为康昆仑之续也。③

评点能显示出评点者的学养、识见与道德人格，这对学诗者影响深远。然而，若果评点凡庸，不但汩没学诗者的性灵，而且积重难返，终必堕入魔障。由此可见，对沈德潜而言，评点是启发学诗者性灵的关键，是导引学诗者向纯正诗风之始，

---

① 杨松年在《李攀龙及其〈古今诗删〉研究》一文中指出："……在明诗选中，我们见及李攀龙在选诗时，挟带浓厚的私人感情和结党纳社的色彩。"见杨松年《中国古典文学批评论集》，三联书店香港分店1987年版，第116—117页。
② 沈德潜：《清诗别裁集》，中华书局1975年版，第3页。
③ 沈德潜：《说诗晬语》，《原诗　一瓢诗话　说诗晬语》，人民文学出版社1998年版，第255页。

3. 实际批评

沈德潜在其诗学理论上虽然有自成一家的批评标准，但在实际批评中却常流露出其弹性。他虽大力鼓吹"温柔敦厚"，提倡作诗不可太"露"，然而在评白居易（乐天，772—846）的《长恨歌》时却说：

> 此讥明皇之迷于色而不悟也。以女宠几于丧国，应知从前之谬误矣。①

而在《明诗别裁集》中，朱彝尊（锡鬯，1629—1709）的《谒刘文成公祠》这种怀念明朝，慨然有光复汉室、戮力朱明思想的作品，沈德潜竟然收入，且并无斥责之意，可见其评诗尺度的弹性。然而，正因这种只问作品的好坏与不顾作者、作品背景的"弹性"，才为他招来生前死后很多始料未及的麻烦与耻辱，在此暂且按下不表，稍后再论。

三 匡济诗坛之选：《古诗源》《唐诗别裁集》《宋金三家诗选》

1. 溯乎诗教之本源：《古诗源》

在沈德潜选《古诗源》之前，早在明末万历四十三年

---

① 沈德潜：《唐诗别裁集》，中华书局1975年版，第119页。

(1615),已有竟陵派的领袖锺惺与谭元春共同编选的《诗归》,①其中便有《古诗归》;而在清初,亦有神韵派的王士禛所编选的《古诗选》。那么,沈德潜为何还会编选《古诗源》呢?

在此,我们有必要了解时人对上述的几种古诗选本的评价,然后方能了解沈氏编选《古诗源》的动机。

朱彝尊在《明诗综》中指出:"《诗归》既出,纸贵一时"。② 由此可见此选本在当时受欢迎的程度。甚至将竟陵派抨击得体无完肤,指锺、谭二人为"兵象""诗妖"的钱谦益也无奈地承认:

> 海内称诗者靡然从之……所撰《古今诗归》盛行于世,承学之士,家置一编,奉之如尼丘之删定。③

同是明末清初人的诗学理论家王夫之(而农,1619—1692)对竟陵派则有如下攻击:

> 自竟陵乘闰位以登坛奖之,使厕于风雅……以成亡国之音,而国遂亡。竟陵灭风雅,登进淫靡之罪,诚以为

---

① 《诗归》于万历四十三年(1615)完成。自古逸至隋,十五卷,是为《古诗归》;初唐五卷,盛唐十九卷,中唐八卷,晚唐四卷,共三十六卷,是为《唐诗归》;《古诗归》与《唐诗归》合称《诗归》,亦名《古今诗归》。

② 朱彝尊著,姚祖恩、黄君坦校点:《静志居诗话》下册,人民文学出版社1998年版,第502页。

③ 钱谦谦著,钱陆灿编:《列朝诗集小传》中册,中华书局1961年版,第570—571页。

戎首。①

至于代表官方的《四库全书总目》亦记：

> （《诗归》）是书……大旨以纤诡幽渺为宗，点逗一二新隽字句，矜为玄妙，又力排选诗惜群之说，于连篇之诗随意割裂，古来诗法，于是尽亡。至于古诗字句，多随意窜改。顾炎武日知录曰：近日盛行《诗归》一书，尤为妄诞……。②

由此可见，尽管《诗归》在明末虽曾非常流行，然而上至朝廷，下及诗坛盟主的钱谦益，甚至豹隐山林的王夫之、顾炎武均对这一选本均极不满意，甚至大肆挞伐。似乎在这些批评者眼中，以"罄竹难书"形容《诗归》，亦殆不为过。更为重要的是，清廷早已不满《诗归》与竟陵派的诗风，故而《诗归》虽然盛行于坊间，然却在入清之后，竟沦为禁书之一。③在沈氏的著作当中，并未见他对《诗归》有任何直接的批评，但从他称诗至锺、谭乃"衰极""僻涩"④ 以及《明诗别裁集》中不录竟陵派任何作品，可知他对锺、谭合编的《诗归》，自

---

① 王夫之著，张国星校点：《古诗评选》，文化艺术出版社1997年版，第3卷，第117页。

② 《四库全书总目》下册，第1795页。《诗归》有明万历闵氏刻本，锺惺与谭元春的序均写于万历四十五年（1617年），此书应于1617年后刊行。详见王重民《中国善本书提要》，上海古籍出版社1983年版，第439页。

③ 姚觐元编，孙殿起辑：《清代禁燬书目（补遗）·清代禁书知见录》，商务印书馆1957年版，第133页。

④ 沈德潜：《说诗晬语》，《原诗 一瓢诗话 说诗晬语》，人民文学出版社1998年版，第241页。

第五章 别裁伪体归雅正：沈德潜编选的六种选本

然也不会满意的了。

另一部著名的古诗选本要推王士禛的《古诗选》。此选本只选五、七言古诗，故而《四库全书总目》批评王氏选诗的理念与李攀龙"唐无古诗而有其古诗之说"根本无异。①《四库全书总目》又对其所选的七言古诗作出如下批评：

> 至七言歌行，惟鲍照先为别调，其余六朝诸作，大抵皆转韵抑扬，故初唐诸人多转韵，而李白以下，始遥追鲍照之体。终唐之世，两派并立。今初唐所录，寥寥数章，亦未免拘于一格。盖一家之书，不足以尽古今之变也。②

说到最终，王士禛的《古诗选》的"拘于一格"，在很大程度上都是受了李攀龙的"唐无古诗而有其古诗"的影响，因而才有"初唐所录，寥寥数章"与"不足以尽古今之变"的缺失。以上对王士禛的批评可谓一矢中的，因为王氏本人便深受明代后七子领袖李攀龙的影响，时人吴乔便讥之为"清秀李于麟"。③

对于王士禛的《古诗选》，沈德潜在《古诗源》的"例言"中有如下批评：

> 新城王尚书（士禛）向有古诗选本，抒文载实，极工裁择，因五言七言分立界限，故三四言及长短杂句，均在

---

① 永瑢等撰：《四库全书总目》下册，中华书局1987年版，第1769页。
② 同上书，第1769页。
③ 吴乔：《答万季埜诗问》，郭绍虞主编《清诗话续编》，上海古籍出版社1983年版，上册，第26页。

摒却,兹特取录各体,补所未补,又王选五言兼取唐人,七言下及元代,兹从陶唐氏起,南北朝止,探其源不暇沿其流也。①

由此可见,沈氏的《古诗源》乃针对王士禛《古诗选》的不足而编选的。沈氏认为,王士禛的《古诗选》的不足在于严分五、七言古诗,而三、四言及长短句却没有收入。故此,沈氏之选便照顾到不同的诗体,以补王氏《古诗选》的不足。针对《古诗选》选及唐代的五言诗,七言更下及元代,沈氏《古诗源》便从自陶唐氏选起,止于南北朝,其意在于"探源",而非王氏《古诗选》的兼及追溯古诗的在唐及以后的发展。

沈氏《古诗源》之选旨在"探源",此宗旨亦可见于《唐诗别裁集》:

有唐一代诗,凡流传至今者,自大家名家而外,即旁蹊曲径亦各有精神面目,流行其间,不得谓正变盛衰不同而变者、衰者可尽废也。然备一代之诗,取其宏博,而学诗者沿流讨源,则必寻究其指归,何者?人之作诗,将求诗教之本原也。唐人之诗,有优柔平中顺成和动之音,亦有志微噍杀流僻邪散,而欲上溯乎诗教之本源,犹指南而之幽蓟,溯北而之闽粤,不可得也。②

唐诗包罗万象,既有"优柔平中顺成和动之音",亦有

---

① 沈德潜:《例言》,《古诗源》,上海印书馆1962年版,第3页。
② 沈德潜:《唐诗别裁集》,中华书局1975年版,第3页。

"志微噍杀流僻邪散",这便不适合学诗者"求诗教之本原"的指归了。在《古诗源》的《序》中他便说:"诗至有唐为极盛,然诗之盛,非诗之源也。"① 亦即是说,沈氏将古诗视作唐诗之源,然从诗品的角度而言则乃凌驾于唐诗之上的。沈氏虽极称唐诗的精彩缤纷,然其"优柔平中顺和动之音"的纯度则不及南北朝及以前的古诗,他说:

……唐以前之诗,昆仑以降之水也,汉京魏氏去风雅未远,无异辞矣,即齐梁之绮缛,陈隋之轻艳,风标品格,未必不逊于唐,然缘此遂谓非唐诗所由出,将四海之水,非孟津以下所由注,有是理哉!②

接着他又批评了明代前、后七子太过于株守唐诗,因而产生"冠裳土偶"③的流弊。沈氏指出唐诗乃宋、元之上流,而古诗则为唐诗之发源。④ 由此可见,南北朝以前的古诗便是唐诗的源头,而唐诗虽称极盛,然已有"志微噍杀流僻邪散"之音,已不及古诗的"温柔敦厚"了。至于宋、元诗,又是唐诗之末流,相去更远。

2. 匡复古之狭,济神韵之偏:《唐诗别裁集》

在沈德潜编选《唐诗别裁集》之前,有关唐诗的选本为数不少,除了上述提及成为禁书而又不为沈氏所喜欢的《诗归》

---

① 沈德潜:《序》,《古诗源》,上海印书馆1962年版,第4页。
② 同上。
③ 同上。
④ 同上。

之外，较为著名的便有《唐诗鼓吹》《唐贤三昧集》以及《唐诗选》。先说《唐诗鼓吹》，沈氏十分鄙视此选本：

> 《鼓吹》（《唐诗鼓吹》）一书嫁名元遗山者，尤为下劣。学者以此等为始基，汩没灵台，后难洗涤。①

以"下劣"评此选本，认为乃托元好问（裕之，1190—1257）之名而已，更认为学诗者若以此选本为学诗之始则"汩没灵台，后难洗涤"，这与钱谦益视《唐诗鼓吹》为未受前、后七子复古诗说影响的选本，而力捧其为学诗模板以对抗《唐诗选》的态度，截然不同。

清初另一本非常闻名的唐诗选本，便是王士禛的《唐贤三昧集》。王士禛中年"越三唐而事两宋"，晚年则归于唐诗。康熙二十七年，王氏时五十五岁，编《唐贤三昧集》，以"神韵说"风行天下。所谓"神韵"，亦即可望而不可即，冲淡而意无限的诗境。这其实亦是司空图（表圣，837—908）的"妙在酸咸之外"与严羽所谓"水中之月，镜中之象"②的承传。在其《唐贤三昧集序》中，他便直言此选是受了司空图与严羽的影响。③《唐贤三昧集》只录以王维（摩诘，701—761）与孟

---

① 沈德潜：《说诗晬语》，《原诗 一瓢诗话 说诗晬语》，人民文学出版社1998年版，第255页。
② 严羽著，郭绍虞校释：《沧浪诗话校释》，里仁书局1987年版，第26页。
③ 《唐贤三昧集》共分三卷，合共四十三人。张九龄与韦应物本亦在选之列，但因已入其五言选，故不再录。详见王士禛编，胡棠笺注：《唐贤三昧集笺注》，光绪九年翰墨园重刊。这里所据乃香港中文大学新亚书院图书馆馆藏。很可惜的是2000年由上海古籍出版社出版的《唐贤三昧集译注》一书却将王士禛的序言删掉，这样便导致读者无从得知王氏的诗学渊源。详见张明非《唐贤三昧集译注》，上海古籍出版社2000年版。

浩然（浩然，689—740）为主以及与他们冲淡的诗风相近的作品，而托言仿王安石（介甫，1021—1086）《唐百家诗选》之例，不录李白与杜甫，分明是借口而已。因为王安石另有三个选本选及李、杜的诗作。翁方纲在《七言诗三昧举隅》中则指出：

> 渔洋选唐贤三昧集，不录李、杜，自云仿王介甫百家诗选之例，此言非也。先生平日极不喜介甫百家诗选，以为好恶拂人之性，焉有仿其例之理。以愚窃窥之，盖先生之意有难以语人者，故不得已为此托词云尔。先生于唐贤独推右丞、少伯诸家，得三昧之旨，盖专以冲和淡远为主，不欲以雄鸷奥博为宗。若选李、杜而不取其雄鸷奥博之作，可乎？吾窥先生之意，固不得不以李、杜为诗家正轨也，而其沉思独往者，则独在冲和淡远一派，此固右丞之支裔而非李、杜之嗣矣。①

王氏之偏向王、孟的冲淡诗风而非李、杜的高蹈悲壮，一方面是自己的性向所在，另一方面正如一般论者所认为的，是"针对明代七子学唐诗雄浑悲壮而失之假的弊病去的"。② 这亦可谓是以偏救偏的策略，如乾隆在其所选的《唐宋诗醇》中便指出：

> 考诸国朝诸家选本，惟王士禛最为学者所传。其《古

---

① 翁方纲：《七言诗三昧举隅》，《清诗话续编》，上册，第290—291页。
② 王小舒：《神韵诗史》，文津出版社1994年版，第147页。

诗选》，五言不录杜甫、白居易、韩愈、苏轼、陆游，七言不录白居易，已自为一家之言。至《唐贤三昧集》，非惟白居易、韩愈皆所不载，即李白、杜甫亦一字不登。盖明诗模拟之弊极于太仓、历城，纤佻之弊极于公安、竟陵，物穷则变故。①

所谓的"物穷则变"，一方面是说七子、公安及竟陵之各趋极端，而从以上对王士禛《古诗选》与《唐贤三昧集》的评价中，亦未尝不可说王氏之选亦是纯为针对诗坛流弊的另一种极端表现而已。②《唐贤三昧集》之选，为的是抗衡当时宋诗的流行，如其弟子俞兆晟（生卒年不详）所述：

> 既而清利流为空疏，新灵寖以佶屈，顾瞻世道，怒然心忧，于是以大音希声，药淫哇锢习，唐贤三昧之选，所谓乃造平淡时也。③

《唐贤三昧集》是王士禛晚年所编选，故亦往往被视为他诗学的宗旨，然而他中年却曾向往与提倡宋诗，难道真的可截然将其中年与晚年的不同诗学趣向视作泾渭分明的界限吗？从

---

① 乾隆选评，冉苒校点：《唐宋诗醇》上卷，中国三峡出版社1997年版，第4页。

② 周策纵在《一察自好：清代诗学测征》一文中认为明、清以来以偏救偏的诗学现象或许和诗人兼为诗论家有关，而"其优点是偏诣而精深。"见《第三届国际清代学术研讨会论文集》，1993年，第7页。

③ 俞兆晟：《渔洋诗话序》，《清诗话续编》上册，第163页。翁方纲在《神韵论》（中）中亦指出明末各诗派以至清初王士禛的神韵说均乃以偏救偏的现象，见翁方纲《复初斋文集》，文海出版社1966年版，第344页。

上述的那段文字可见,虽然他自己晚年对中年的提倡宋诗亦颇有悔意,但这并不表示他最终是尊唐抑宋,大概只可以说是不同阶段的诗学趣向而已。然而,从王氏诗学趣味之转向,我们或可领略唐、宋诗地位之逐渐改变,唐诗不再是主导的地位,而宋诗则由明代的备受压抑与排斥,至此时已与唐诗渐有抗衡之势了。

对于王士禛的《唐贤三昧集》,沈德潜有如下的遗憾:

> ……新城王阮亭尚书选《唐贤三昧集》,取司空表圣"不着一字,尽得风流"严沧浪"羚羊挂角,无迹可求"之意,盖味在盐酸外也。而于杜少陵所云"鲸鱼碧海",韩昌黎所云"巨刃摩天"者,或未之及。余因取杜、韩语意,定《唐诗别裁》,而新城所取,亦兼及焉。①

很明显,在这里沈德潜乃以其格调说的诗学典范——杜、韩诗补充王氏《唐贤三昧集》之不足。②

在远的一方面,沈德潜《唐诗别裁集》必须面向的是明代复古诗派的重要选本——李攀龙《古今诗删》中的"唐诗选"部分。基于"诗必盛唐"的复古诗学理念,李攀龙的《唐诗选》以说初、盛、中、晚唐的"四唐说"区分唐诗。沈德潜的《唐诗别裁集》则不以四唐说区分唐诗,转而以体裁作为不同

---

① 沈德潜:《唐诗别裁集》,中华书局1975年版,第2页。
② 日本学者青木正儿认为沈氏在选唐诗中注入劲健的诗作,"加上渔洋的好尚所做的选择,或许是企图顺格调派长流,以会合神韵派"。见青木正儿著,陈淑女译《清代文学评论史》,开明书店1968年版,第102页。刘明华亦认为:"沈德潜通过选编《唐诗别裁集》充分体现了其格调观。"见刘明华《芬芳悱恻解杜转益多师学杜——袁枚对杜诗学的贡献》,《杜甫研究学刊》1993年第1期。

卷帙的区分。这明显便是摆脱了李攀龙及明代复古诗派拘于时代界限的桎梏。这样亦即是说：诗不必盛唐。不同于李攀龙《唐诗选》的只选不评，沈德潜的《唐诗别裁集》中设有诗人小传，简单扼要，使人可以知诗人生平概况及其诗作的长短所在。

四　重唐调而不废宋诗：《宋金三家诗选》

一般论者皆认为沈德潜喜唐诗而斥宋诗，误以为他有唐、明、清三朝诗选而并没有宋诗的选本。例如日本学者青木正儿便说：

> 他（沈德潜）曾选汉魏六朝诗，编《古诗源》，唐、明、清诗编了三种别裁集，宋诗和元诗都不碰手。在《明诗别裁集序》上说："宋诗近腐，元诗近纤，明诗其复古也"，又说："明之诗，诚见其凌宋跞元，而上追前古也"，原因是明诗为唐诗的复兴。由此明白可见，其思想一贯为尊唐贱宋。①

说沈氏"宋诗和元诗都不碰手"与"尊唐贱宋"，其实都是未曾留意到沈氏的《宋金三家诗选》，故而对沈氏在唐、宋诗上的观点有所误解。

---

① ［日］青木正儿：《清代文学评论史》，陈淑女译，开明书店1968年版，第101页。

沈德潜确曾批评过王安石才力有余而"意味较薄"。① 苏轼是北宋诗人中他最为欣赏的，然犹批评其诗："工于比喻，拙于庄语。"② 又说过"宋诗近腐，元诗近纤"、"唐诗蕴蓄，宋诗发露。蕴蓄则韵流言外，发露则意尽言中"③；然而接着又说："愚未尝贬斥宋诗"，只是"趣向旧在唐诗"④ 而已，因此他并非如时人的非唐即宋的势不两立的态度。例如他便曾这样称许苏轼与陆游：

> 诗之宗法，在神理而不在形似，乃弃神理而取形似，……东坡之超旷，放翁之渊博，不可尽没也。⑤

故而他晚年的编选《宋金三家诗选》，并非在诗观上有任何突变。

《宋金三家诗选》是沈德潜于九十七岁时在门人陈明善（生卒年不详）的协助下选编而成的。他先是选了陆游（务观，1125—1210）、元好问，并写了例言、评语，又在病中选录苏轼诗，而未及加评点即逝世。此书由陈明善于沈氏身故之年（乾隆己丑年，1769）刊刻，流传并不如他所选编的其他选集，故而如青木正儿者便误以为沈氏并没有宋诗的选本。今本所见乃蒋维崧（生卒年不详）所藏，扉页题：

---

① 沈德潜：《说诗晬语》，《原诗 一瓢诗话 说诗晬语》，人民文学出版社1998年版，第233页。
② 同上书，第233页。
③ 沈德潜：《清诗别裁集》，第3页。
④ 同上书，第3页。
⑤ 沈德潜：《沈归愚诗文全集》第2册，第15卷，乾隆年间刊本。

宋金三家诗选四本乃先大父（蒋维崧）从云松赵先生（赵翼）游，告先生（赵翼）手批见示者。庚申九月日豫。①

　　三家共选五百二十七首。上有赵翼（云松，1792—1814）的亲笔批点，共有一百六十多处。陈明善在《序》中记述了编选的因缘：

　　余钞唐宋八家诗成，戊子夏携之吴门，请正于归愚师，因论宋金人诗。师曰苏子瞻天才奔放，铸古镕今。陆放翁，志在复仇，沈雄悲愤。元遗山遭时变，故登临凭吊声与泪俱之三家者，皆不可不熟习者也。第全集卷帙浩繁，艰于披阅。选本虽多，惜未尽善能，汇而钞之，亦大快事。善即以三家诗辑，为请师许之。今年春，师先定放翁、遗山二家，继辑东坡集，未及评而师游道山。②

　　陈明善在此透露了沈德潜对苏轼、陆游及元好问的观感。在《三家诗选凡例》中沈德潜则说："东坡、放翁、遗山为宋、金大家，其源皆出于少陵。"诗学渊源的一脉相承乃促成此选的一个重要的原因。而在他的另一门人顾宗泰（生卒年不详）的序中，我们亦可得知沈氏何以没有《宋诗别裁集》之选，而却又为苏轼、陆游及元好问选辑一集的原因：

---

① 沈德潜选评，赵翼批点：《宋金三家诗选》，齐鲁书社1983年版。
② 同上书，"陈序"。

第五章　别裁伪体归雅正：沈德潜编选的六种选本

> 吾师沈归愚先生所选古诗源、唐诗别裁、明诗别裁诸集，久已脍炙海内，士人奉为圭臬，而独宋金元诗久未之及。非切如嘉、隆以后，言诗家尊唐黜宋，概以宋以后诗为不足存而弃之也。诚以宋以后诗，门户不一，求其精神面目可嗣唐正轨者，不二三家矣。篇什浩博，择焉不精，无以存之，不如听其诗之自存。是则存之綦重而选之难也。今年春，先生始选苏东坡、陆放翁、元遗山三家诗，补前此所未及。①

这说明了沈德潜何以不选宋诗，并非存有明前、后七子的"诗必盛唐"的成见，而是宋诗太多，难于筛选；更重要的是"可嗣唐正轨者，不二三家"。由此可见其选《宋金三家诗选》仍是以唐诗为标的。顾氏继而又说：

> 东坡于韩吏部后独开生面，其才之大如金银铜锡，合为一冶。其笔之超旷，如天马行空，不可羁勒，洵巨手也。放翁南渡后推第一，胸怀磊落，卷气凌暴，其志节所见，直可上追少陵，不得以诗人尽也。遗山值金之衰，悲愤沉郁，浩气独存黍离麦秀之感，往往流溢其身，未尝仕元，实为金诗首选。②

从风格而言，以苏轼比韩愈，以陆游比杜甫；陆游的"胸怀""志节"可上追杜甫，而元好问更是忠于君主家国，金亡

---

① 沈德潜选评，赵翼批点：《宋金三家诗选》，齐鲁书社1983年版，"顾序"。
② 同上。

而不仕元,这与其诗忠君体国的道德观是一致的,而他又往往以这种道德观而称许杜诗。而最重要的是这三位诗人无论是在情操还是在风格上,皆因三人师承杜甫,可见这亦是以唐诗衡量宋诗。从其编选《宋金三家诗选》及相关的宋、元诗的评价中,可得见沈德潜并不废宋诗,非如时人的唐、宋不两立的泾渭分明,其对宋、元诗的态度诚如其所言:"论宋元诗,不必过于求全也。"①

五 对明代复古诗派的批判与肯定:《明诗别裁集》

清代诗坛所面向的正是明代复古诗派所遗留下来的诗学论争。评价明诗,所面向的必然是对复古诗派等人的诗学理念及具体的创作。早在沈德潜的《明诗别裁集》之前,已有钱谦益的《列朝诗集》及朱彝尊的《明诗综》。相较于《列朝诗集》与《明诗综》,《明诗别裁集》的选诗数目显然精简得多。《列朝诗集》号称收明代诗家2000人,实约1800人。② 而《明诗综》更收多达3400余家。③ 钱氏对复古派及竟陵派的攻击并非片言只字,从《列朝诗集》的体例、选诗比例,以至于在小传中,均不遗余力的大肆贬斥,可见钱氏对此两诗派实有摧枯拉

---

① 沈德潜选评,赵翼批点:《宋金三家诗选》,齐鲁书社1983年版,第237页。
② 张寅彭:《清人总摄明诗的三部大型之着》,《古典文学知识》1997年第5期。
③ 同上书,第113页。

朽之功。① 钱谦益在《列朝诗集》中首创附录劣诗先例,这可谓是故意为复古诗派而设。附录中录有李梦阳与李攀龙不合格律、抄袭模拟的"劣作"。② 据统计,书中被选五十首以上的诗人超过七十人,而超过一百首的,亦有二十九人。录高启的作品八百余首,刘基五百六十余首,杨基三百二十余首,杨维桢约三百首,皆明初诗人。录李东阳三百四十七首,程嘉燧二百十五首,为明初以后诸家的准的。这又可见他故意抬高被七子抨击的李东阳,以作抗衡。而其过分推崇程嘉燧,却又令后人觉得他的选录标准不够公允。在选取七子诗作方面,何景明一百五首,李梦阳五十首附"劣诗"五首,王世贞七十首,李攀龙二十四首并附"劣诗"三首,这都是有意贬抑。而从选取诗作的数目上来看,相较于其他的明诗选本如陈子龙(卧子,1608—1647)的《皇明诗选》,七子的地位可谓一落千丈,且附有劣作示范,更是不忍卒睹了。而对于竟陵派的钟惺及谭元春则更近乎人身攻击,称为"亡国之音",认为竟陵派的文风影响到国运,故而称为"诗妖"。③ 又选归有光(熙甫,1506—1571)二十一首,汤显祖(义仍,1550—1616)一百三十五首,袁宏道八十七首,袁中道九十一首。这又可见他对汤显祖及公安派这些反复古诗派者的推崇。

  针对钱氏《列朝诗集》的品评失允,由朱彝尊录、汪森

---

  ① 《列朝诗集》对前、后七子的贬斥是多方面的,除了小传中的痛斥,附"劣作"作示范之余,张寅彭更观察出其重新勾勒明诗史并将前、后七子擯出主流的用心,见《古典文学知识》1997年第5期。
  ② 钱谦益:《列朝诗集》,生活·读书·新知三联书店1989年版,第352、446页。
  ③ 袁枚认为《列朝诗集》对竟陵派的攻击乃明代门户之见的遗风,见《随园诗话》上册,人民文学出版社1998年版,第2页。

（晋贤，1653—1726）等数十人辑评了《明诗综》一百卷。《四库全书总目·明诗综条》记：

> 钱谦益列朝诗集出，以记丑言讥之才，济以党同伐异之见，逞其恩怨，颠倒是非，黑白混淆，无复公论。彝尊因众情之弗协，乃编纂此书，以纠其谬。……六七十年以来，谦益之书，久已澌灭无遗，而彝尊此编，独为诗家所传诵。①

而朱氏亦说他编《明诗综》乃有感于钱氏所编《列朝诗集》"不加审择，甄综寥寥"，故欲纠其失而"补《列朝》选本之阙漏"。②

尽管钱氏的著作在乾隆年间遭受禁毁，而朱氏的《明诗综》则颇为官方称许，但无论如何，《列朝诗集》那种贬斥前、后七子的强烈意向性及其影响，并非《明诗综》所能调和的。就是在如此的诗坛背景底下，沈德潜这样评价这些明诗选本：

> 编明诗者，陈黄门（子龙）卧子《皇明诗选》，正德以前，殊能持择，嘉靖以下形体徒存。尚书钱谦益《列朝诗集》于青邱（高启）茶陵（李东阳）外，若北地（李梦阳）、信阳（何景明）、济南（李攀龙）、娄东（顾麟），

---

① 永瑢等撰：《四库全书总目》下册，中华书局1987年版，第1730页。
② 朱彝尊：《答刑部王尚书论明诗书》，《曝书亭集》，中华书局1981年版，第2册，第33卷，第283—284页。

概为指斥且藏其所长，录其所短，以资排击，而于二百七十余年中，独推程孟阳（嘉燧）一人，而孟阳之诗，纤词浮语，只堪争胜于陈仲醇诸家。①

在此，沈德潜批评陈子龙的《皇明诗选》在嘉靖以后选诗不精；而出钱谦益的《列朝诗集》则失之公允，排击复古诗派，"藏其所短，录其所长，以资排击"，而其所大力揄扬的程嘉燧的诗作，实在不甚了了，故而将《列朝诗集》之选讯评为：

> 舍丹砂而珍溲勃，贵筝琶而贱清琴，不必大匠国工始知其诬妄也。②

以沈德潜温柔敦厚的个性而言，上述的文字可称得上是非常激烈的批评了！相对而言，沈氏对朱彝尊《明诗综》的评价则较高：

> 国朝朱太史竹垞《明诗综》所收三千四百余家，泯门户之见，存是非之公，比之牧斋用心判别。③

这是指朱彝尊之选没有如钱谦益的门户之见。然而，《明诗综》亦有严重的缺失：

---

① 沈德潜：《序》，《明诗别裁集》，中华书局1977年版，第1页。
② 同上。
③ 同上。

>……然备一代之掌故，匪不六义之指归，良楛正闰，杂出错陈，学者将问道以亲风雅，其何道之由？①

有鉴于以上三种明诗选本的缺失，沈德潜选明诗有如下标准：

>余于周子钦莱（准）夙有同心，慨焉决择，合群公选本，暨前贤名稿，别而裁之。于洪、永之诗，删其轻靡。于弘正、嘉隆之诗，汰其形似。万历天启以下，遂寥寥焉，而胜国遗老广为搜罗，比宋逸民《谷音》之选，得诗十二卷，凡一千一十余篇，皆深造浑厚和平渊雅，合于言志永言之旨，而雷同沿袭……凡无当于美刺者屏焉。②

从其删洪武、永乐年间诗的轻靡，汰弘正、嘉隆年间诗的形似，至于说万历与天启年间则无甚佳作，可见他对明诗的真实情况是了然于胸的，而这种见解也确是的论。至于其摒弃雷同、沿袭，选"浑厚和平渊雅""合于言志永言之旨"以及不合美刺之旨等标准而言，可见沈氏始终贯彻其选诗的准则。

一般人对明诗的评价都不高，然而沈德潜则对明代诗歌却有如下的评价：

>宋诗近腐，元诗近纤，明诗其复古也。而二百七十余年中，又有升降盛衰之别。尝取有明一代诗论之：洪武之

---

① 沈德潜：《序》，《明诗别裁集》，中华书局1977年版，第1页。
② 同上。

初，刘伯温之高格，并以高季迪，袁景文诸人各逞才情，连镳并轸，然犹元纪之余风，未极隆时之正轨。永乐以还，体崇台阁，骫骳不振。弘、正之间，献吉、仲默力追雅言，庭实、昌谷左右骖靳，古风未坠。余如杨用修之才华，薛君采之雅正，高子业之冲淡，俱称斐然。于鳞、元美，益以茂秦，接踵曩哲。虽其间规格有余，未能变化，识者咎其甚少自得之趣焉。然取其菁英，彬彬乎大雅之章也。自是而后正声渐远，繁响竞作，公安袁氏、竟陵锺氏谭氏，比之自郐无讥，盖诗教衰而国祚亦为之移矣。此升降盛衰之大略也。①

不同于钱谦益在《列朝诗集》中对复古诗派的肆意抨击，沈德潜肯定前七子复古之功，在于彼等的提倡复古而使"古风未坠"。沈氏虽嫌复古诗派"规格有余，未能变化"，然亦称许他们"取其菁英，彬彬乎大雅之章也"，即是说，后七子中人亦不乏佳作。值得一提的是，不同于《明史》的评价，沈德潜认为李梦阳与何景明并非反对台阁体，而是继承台阁体：

> 永乐以还，崇"台阁体"，诸大老倡之，众人应之，相习成风，靡然不觉。李宾之力挽颓澜，李、何继之，诗道复归于正。②

---

① 沈德潜：《序》，《明诗别裁集》，中华书局1977年版，第1页。
② 见《原诗 一瓢诗话 说诗晬语》，第238页。事实上，沈德潜并不认同后世以"七子"称李梦阳、何景明等人，沈德潜认为："徐昌谷大不及李（梦阳），高不及何（景明），而倩朗清润……自能独尊吴体。边庭实（贡）、王子衡（廷相）同羽翼李何，而地位少下。康对山（海）涉笔肤庸，一往易尽。'七子'之名，不必存也。"见《原诗 一瓢诗话 说诗晬语》，第239页。

在此他称前七子的领袖李梦阳与何景明等人的复古而使明诗复归于正,又肯定李、何对当时台阁体领袖的李东阳的诗学理念有所传承。沈德潜又这样评价以李东阳为首的茶陵派:

> 永乐以后诗,茶陵起而振之如老鹤一鸣,喧啾俱废。后李、何继起而大之骎骎乎称一代之盛矣。王元美谓长沙之于何、李犹如陈涉之启汉高,此习气未除,不免抑扬人之掊击也。①

前、后七子与台阁体及茶陵派的关系错综复杂,并非三言两语便可解释,但无论如何,这是沈氏个人对于明诗在传承上的独到见解。

沈德潜正面肯定前、后七子,这与明末以来诗坛中人如公安三袁、竟陵的锺惺与谭元春以至清初的钱谦益甚至沈氏的老师叶燮的见解都截然不同。这是因为前、后七子的诗学理念力图恢复唐人气象阔大、格高调响的风貌,所以与沈氏的主张颇多相通之处,在《说诗晬语》他中说:

> 李献吉雄浑悲壮,鼓荡飞扬,何仲默秀朗俊逸,回翔驰骤,同是宪章少陵,而所造各异,骎骎乎一代之盛矣。钱牧斋信口掎摭,谓其"模拟剽贼,同于婴儿学语",至谓"读书种子,从此断绝"。此为门户起见,后人勿矮人看场可也。②

---

① 沈德潜:《明诗别裁集》,中华书局1977年版,第34页。
② 同上书,第40页。

这都是对复古诗派较为客观平正的批评与肯定。他认为，任凭钱谦益的诋毁，复古诗派在诗坛上的功绩及彼等的佳作终不会被埋没。

对于明末诗坛，沈德潜则为之扼腕：

> 王李既兴，辅翼之者，又病在翻新吊诡。一变为袁中郎兄弟之诙谐，再变为锺伯敬、谭元春之僻涩，三变为陈仲醇、程孟阳之纤佻。回视嘉靖诸子，又古民之三疾矣。论者独推孟阳，归咎王李，而并刻李何为作俑之始。其然岂其然乎？①

这里所批评的乃是钱谦益在《列朝诗集》对后七子中的王世贞与李攀龙的过分排击，言下之意即是明末诗坛之弊并非始于王、李，而是公安派的"诙谐"、竟陵派的"僻涩"以及陈继儒、程嘉燧的"纤佻"所造成的。

基于对明代诗坛的独特理解，沈德潜在《明诗别裁集》中选录的诗人便大大不同于钱谦益的《列朝诗集》，亦迥异于陈子龙的《皇明诗选》与朱彝尊的《明诗综》。在《列朝诗集》中，前、后七子并未有任何一位能跻身选诗最多的前十位。至于作为复古派继承者的陈子龙，在其所编的《皇明诗选》中，选诗最多的前十位中，前七位都是前、后七子中人，而且选诗最多的前十位中便有八位是前、后七子中人。② 其中，前七子

---

① 《原诗 一瓢诗话 说诗晬语》，人民文学出版社1979年版，第240—241页。
② 杨松年：《中国古典文学批评论集》，生活·读书·新知三联书店1987年版，第77页。

占三位（何景明、李梦阳、徐祯卿），合共选诗 312 首，后七子占五位，合共选诗 393 首。这就是说，陈子龙一共选了前、后七子的诗作 705 首，约占《皇明诗选》选诗的 58.5%。① 令人吃惊的是明初的著名诗人高启与刘基等人均未能进入前十名。至于朱彝尊的《明诗综》，选诗人三千四百多家，选诗最多的前十位当中，前、后七子占三人，分别为排第三位的李梦阳（80 首）、第四位的何景明（78 首）及第七位的徐祯卿（50 首），合共 208 首，约占《明诗综》2.05%。② 相对于钱谦益《列朝诗集》与陈子龙《皇明诗选》对前、后七子的各趋极端以及朱彝尊《明诗综》的"杂出错陈"，沈德潜在《明诗别裁集》中对前、后七子则表现得较为中肯、严谨。在《明诗别裁集》选诗最多的前十位中，前、后七子占了前六位，以前七子的何景明入选 49 首为首，李梦阳占 47 首，徐祯卿占 23 首；后七子的王世贞占 40 首，李攀龙占 35 首，谢榛占 26 首。前、后七子的入选作品合共 220 首，约占《明诗别裁集》所有作品的 21.6%。然明显地，沈氏对前、后七子的接受程度，既不如钱谦益《列朝诗选》的极端排斥，亦非陈子龙《皇明诗选》的过分推崇。沈氏之选，反映了他对前、后七子中肯的批判与肯定。至于明初名诗人高启与刘基，则分别排第七及第八位，各入选 21 首及 20 首。③ 而在《列朝诗集》被钱谦益大力吹捧、占诗 215 首的程嘉燧在《明诗别裁集》中只占 4 首，沈德潜在程氏小传中录邵子湘攻击程嘉燧之言后说：

---

① 杨松年：《中国古典文学批评论集》，生活·读书·新知三联书店 1987 年版，第 76—78 页。
② 同上书，第 77 页。
③ 同上书，第 79 页。

予录其气清格整,去风雅未远者四章,见孟阳自有真诗,勿因牧斋之过许而毛举其疵以掩之也。①

这里所呈现的正是以诗论诗的选家风度,绝对迥异于明代选诗中因门户之见而互相鞭挞,至于钱谦益在《列朝诗集》中列举前、后七子中人的劣诗以示贬斥之所为,更是贻笑大方。

至于对竟陵派的评价,沈德潜则一如前人,对锺惺与谭元春大肆抨击,在《说诗晬语》中说:"诗至锺谭诸人,衰极矣。"② 故而他在《明诗别裁集》中不录竟陵派任何作品,这亦是不无偏失的。而不同于钱谦益对公安派的推许,沈德潜对公安派的评价亦不高,在《明诗别裁集》袁宏道小传中便认为公安一派乃先于竟陵而令诗道中衰。③ 故而《明诗别裁集》中只录公安三袁中的袁宏道一首作品。公安三袁只有一首诗入选,是颇值得商榷的。然而可以理解的是,三袁的人生态度以及诗风的不羁浪漫与恪守温柔敦厚诗教的沈德潜是格格不入的。

六 选本与权力的关系:《清诗别裁集》

《清诗别裁集》之重要性决不在于其他选本之下,甚至可以说,其他选本乃沈德潜对明末清初诗学的回应,而此选则在于体现其选诗标准与作为一代宗师的人格。

---

① 沈德潜:《明诗别裁集》,中华书局1977年版,第111页。
② 《原诗 一瓢诗话 说诗晬语》,人民文学出版社1979年版,第241页。
③ 沈德潜:《明诗别裁集》,中华书局1977年版,第109页。

1. 不选王次回的问题

沈德潜这样说他不选王次回的原因：

> 诗必原本性情，关乎人伦日用及古今成败兴坏之故者，方为可存，所谓其言有物也。若一无关系，徒办浮华，又或叫号撞搪以出之，非风人之指矣。尤有甚者，动作温柔乡语，如王次回《疑雨集》之类，最是害人心术，一概不存。①

沈氏不选王次回的诗，这与其一向推崇儒家"温柔敦厚"的诗教说是一致的。然而，沈德潜不选王次回的诗却招来袁枚的猛烈攻击：

> 闻《别裁》中独不选王次回诗，以为艳诗不足垂教，仆又疑焉。夫《关雎》即艳诗也，以求淑女之故，至于辗转反侧。使文王于今遇先生，危矣哉！……沈约事两朝佞佛，有绮语之忏，其人，小人也。次回才藻艳绝，阮亭集中时时窃之。先生最尊阮亭，不容都不考也。②

袁枚讥讽沈德潜的泛道德论，认为即使文王遇见沈氏，即有可能被视作淫荡之人。因为，一般的解释《诗经》，均将《关雎》视作明君思贤人，而将这种关系暗喻为君子思淑女。

---

① 沈德潜：《清诗别裁集》，中华书局1977年版，第3页。
② 袁枚：《小仓山房诗文集》第3册，中华书局1981年版，第6页。

而所谓的"沈约事两朝佞佛,有绮语之忏,其人,小人也"似乎颇为突兀,可能是暗讽沈德潜选历仕明、清两朝的钱谦益以冠《清诗别裁集》之首的不当。袁枚便曾这样大肆攻击钱谦益:"余读钱注杜诗,而知钱为小人也。"① 此外,袁枚更指出沈氏所尊敬的诗坛盟主王士禛的集子中亦常有王次回的影子,由此而建议沈氏应该重新考虑选录王次回的诗。

袁枚大力回护的王次回究竟是何许人呢?据近人郑清茂的考证,王次回应生于明万历二十一年癸巳(1593),死于崇祯十五年(1642),享年五十。至于王次回之所以被误作清代人,郑清茂有这样的解释:

> 清代有些文献误认次回为"国朝"或"本朝"的诗人……如袁枚称"本朝王次回";又前引《金坛县志》卷十一《艺文志》的著录,也说:"《疑雨集》四卷,国朝王彦泓撰。"这种错误的形成是不难了解的。王次回的诗虽然脍炙人口,名满江左,但因为生前无赫赫功名,只是一个落魄潦倒的书生,所以一般人都只欣赏他的诗,而不大注意他的生平。结果他的生平越来越模糊,至于生卒年月更不用说了。再加上《疑雨集》的刊印,又在次回死了很久,改朝换代以后的康熙年间,于是很容易令人发生错觉,以为他死于满清入关以后,如此一错,他就变成"国朝"或"本朝"的人了。②

---

① 袁枚著,顾学颉校点:《随园诗话》上册,第556页。
② 郑清茂:《王次回研究》,《王次回诗集》,联经出版社1984年版,第17—18页。

若郑清茂的考证没错的话,那么沈德潜在《清诗别裁集·凡例》中斥王次回《疑雨集》"足以败坏人心",固有不选其诗之意,亦可见他亦误以为王次回算是清代人,然而在《清诗别裁集》中不收录明人王次回的诗亦是错有错着。然而由此亦可再一次印证,沈氏对一些不羁、浪漫的诗人如公安三袁、王次回与袁枚都没好感,甚至可以说有恶感,虽说是秉持温柔敦厚与雅正的诗观,然而亦不无偏狭之嫌。

2. 从"微存史意"到删诗事件

另一方面,《清诗别裁集》的可贵之处更在于沈德潜在当时严苛的政治态势下,却竟敢提出以选诗"微存史意":

> 前代臣工,为我朝从龙之佐,如钱虞山王孟津诸公,其诗一并采入,准明代刘青田、危太朴例也。前代遗老而为石隐之流,如林茂之、杜茶村诸公,其诗概不采入,准明代倪云林、席帽山人例也。亦有前明词人,而易代以来,食毛践土既久者,诗仍采入。编诗中,微存史意。①

若按沈德潜编诗"微存史意"的观点而选取钱谦益这些历仕明、清两朝者的诗作,本无其他的政治含意,因为钱氏的确是明末清初诗坛上的一位举足轻重的人物。然而,由于钱谦益历仕两朝,导致乾隆对沈德潜在《清诗别裁集》中以钱谦益冠首而大为不满。乾隆在序中说:

---

① 郑清茂:《王次回研究》,《王次回诗集》,联经出版社1984年版,第4页。

德潜老矣！且以诗文受特达之知，所请宜无不允。因进其书而粗观之，列前茅者，则钱谦益诸人也。其人则非人类也，其诗自在，听之可也。选以冠本朝诸人则不可，在德潜则尤不可。且诗者何？忠孝而已耳。离忠孝而言诗？吾不知其为诗也。谦益诸人，为忠乎？为孝乎？德潜宜深知此意。今之所选，非其宿昔言诗之道也，岂其老而耄荒？子又不克家，门下士依草附木者流，无达大义、具细眼人捉刀所为，德潜不及细检乎？此书出，则德潜一生读书之名坏，朕方为德潜惜之，何能阿其所好而为之序？又钱名世者，皇考所谓"名教罪人"，是更不宜入选……。①

因此，乾隆着令南书房诸臣删改此集。② 直至沈德潜死后，乾隆仍派两江总督高晋搜查沈家有否收藏钱氏的著作，③ 由此可见清廷高压统治的一斑。

其实，沈德潜又何尝不知钱谦益、钱名世（亮工，生卒年不详）等官方所判定的"贰臣"与"名教罪人"④乃清廷的眼中钉？他又怎会不知选入这些诗人可能招来的麻烦？但他仍是

---

① 王钟翰点校：《沈德潜传》，《清史列传》第5册，中华书局1964年版，第1457—1458页。
② 有关《国朝诗别裁集》的删改详情，可参谢正光、佘汝丰编著《清初人选清初诗汇考》，南京大学出版社1998年版，第349—350页。
③ 王钟翰点校：《沈德潜传》，《清史列传》第5册，中华书局1964年版，第1459页。
④ 钱名世乃雍正朝的侍讲，因曾"作诗投赠年羹尧称功颂德，备极谄媚"而被雍正亲书"名教罪人"匾额张挂于宅第，加以凌辱，并被革职回籍。转引自历史研究编辑部编《明清人物论集》下册，四川人民出版社1983年版，第120页。

依照自己的诗学理念。在清廷极端严苛的政治态势下,沈德潜依然坚持严谨的、非功利的、非政治性的选诗标准,为的是维持文学的独立地位。由此可说,他并非一般的文学侍臣,更非一般论者所大力攻击的"维护封建统治"① 或"宣扬封建诗学的复古主义和教条主义"②。

《清诗别裁集》之选虽可谓勇气可嘉,覆盖的当世诗人,知名的或不知名的,均为数不少,然而令人遗憾的是偏偏缺少持论与他相反而又被时人视为风流才子的袁枚,原因亦不外道德上的问题。袁枚虽然推崇王次回,为人或也不无可议之处,但实际上他是一位相当有才华的诗人,这是集中绝大多数的人都比不上的,甚至在清代也是顶尖之选。故此,《清诗别裁集》之不选袁枚诗,是一个不可原谅的缺失。

七 博采各家之长:《杜诗偶评》

清代诗坛的另一热潮便是注杜诗之风。③ 研究杜诗,始于宋代,而进入明代,有关杜诗的研究更是络绎不绝。④ 其中以钱谦益与朱鹤龄(长孺,1606—1683)的注杜诗最为著名。钱氏早年撰有《读杜小笺》上、中、下三卷,合共五十五则。次

---

① 王英志:《沈德潜诗论精义述要》,《文学评论丛刊》1984年第22辑。
② 叶朗:《关于沈德潜诗论的两个问题》,《文学评论丛刊》1981年第9辑。
③ 关于清初的杜诗研究,可参简恩定《清初杜诗学研究》,文史哲出版社198年版;许总《明清杜诗学概观》,《文学遗产》1988年第6期。
④ 据许总的考察:"《四库全书总目》著录有唐元竑《杜诗捃》等十种,《千顷堂书目》著录有熊钊《杜甫诗注》等十一种,此外,《红雨楼书目》、《宝文堂书目》、《八千卷楼书目》、《贩书偶记》,还著录九种。"见许总《明清杜诗学概观》,《文学遗产》1988年第6期。

年又撰成《读杜二笺》上、下两卷,笺诗三十二则。又有《草堂诗小笺》,诗分古近体共十九卷,第二十卷为文集。中华书局排印本封面题作《钱注杜诗》。而朱氏则有《杜诗工部集辑注》与《杜诗笺注》,各二十卷。钱、朱二人因注杜而相知亦因注杜而相恶。后来另一注杜名家仇兆鳌(沧柱,1638—1717)在《杜少陵集详注》的《凡例》中指出钱、朱二人注杜的不同:

> 钱谦益、朱鹤龄两家互有异同:钱于唐书年月,释典道藏,参考精详;朱于经史典故及地理职官,考据分明。其删汰猥杂,皆有廓清之功。[1]

钱氏以史证诗,而朱氏则重于考据,这亦是两人因注杜而交恶的原因之一。[2]

继钱、朱二人之后,清代注杜风气更趋炽盛。较为知名的计有吴见思(生卒年不详)的《杜诗论文》[3]、黄生(生卒年不详)的《杜诗说》、仇兆鳌的《杜少陵集详注》及浦起龙(二田,1679—1762)的《读杜心解》。以上的注本均属于全集校刊笺类。究竟沈德潜何以在当时注杜如此炽热的情况下仍然编选《杜诗偶评》呢?在《杜诗偶评·序》中他这样谈及此

---

[1] 仇兆鳌:《凡例·近人注杜条》,《杜少陵集详注》第1册,文学古籍刊行社1955年版,第3页。

[2] 关于钱谦益与朱鹤龄两人因注杜而起的交恶始末,钱谦益在《覆吴江潘力田书》中有详细记载,见钱谦益《牧斋初学集·牧斋有学集》第2册,商务印书馆1967年版,第395—396页。

[3] 此书乃康熙十一年(1672)常州岱渊堂所刻。见周采泉《杜集书录》,上海古籍出版社1986年版,第177页。

书的编选、刊刻经过：

> 全集一千四百余篇，今录三百余篇，皆聚精会神，可续风雅者。学者深潜而熟，复之以次遍览全集，虽颓然自放之作，皆成大家。知杜诗本无可选，并不藉评，则此本为得鱼得兔之筌蹄可也。同邑潘子森千，予忘年友也。素嗜杜，与予同癖。任剞劂之资，并发凡起例，不欲使此本之湮没也。因牵连及之。①

序末题："乾隆丁卯秋八月长洲沈德潜题于京师之澄怀园。"②乾隆丁卯年，即乾隆十二年（1747）。事实上，《杜诗偶评》并非沈氏全新编选点评的杜诗选本，其中超过九成以上的诗作均与选于康熙五十四年，刻于五十六年（1717），增订于乾隆二十八年（1763）的《唐诗别裁集》相同，只有小部分是增入的。而其中的批语与《唐诗别裁集》完全一样。由于《唐诗别裁集》的刊刻时间比《杜诗偶评》的时间要早了近三十年，然其增订本却较《杜诗偶评》迟了十六年，究竟是《杜诗偶评》割自《唐诗别裁集》，还是《唐诗别裁集》中的杜诗乃从《杜诗偶评》中再精选出来的呢？由于现在我们无由得见

---

① 沈德潜：《杜诗偶评·序》，见[日]渡会末茂编《杜律评丛·杜诗偶评》，中文出版社文化六年版，第3页。关于沈德潜《杜诗偶评》的版本，胡可先在《沈德潜杜诗学述略》一文中记："《杜诗偶评》的版本主要有清乾隆十二年赋闲草堂刻本，清嘉庆八年番桂阿石室刻本，一九二九年张廷贵注本，称《音注杜少陵诗》。清顾湘又以《杜诗偶评》为底本，过录汪琬、王士禛、王士禄三家评语，成《杜诗偶评汇批》。"见《杜甫研究季刊》1994年第1期。

② [日]渡会末茂编《杜律评丛·杜诗偶评》，中文出版社文化六年版，第3—4页。

乾隆五十六年（1717）的《唐诗别裁集》，然而《唐诗别裁集》的增订本中却有一段话可作为理解增订本与初刊本有何不同，在《重订唐诗别裁集序》中沈氏说：

> 镌版问世已四十余年矣。第当时采录未竟，同学陈子树滋携至广南镌就，体格有遗，倘学诗者性情所喜，欲奉为步趋，而选中偏未之及，恐不免如望洋而返也。因而增入诸家，如王（勃）、杨（炯）、卢（照邻）、骆（宾王）唐初一体。老杜亦云："不废江河万古流也"。白传讽谕，有补世道人心，本传所云，箴时之病，补政之缺也。长吉呕心，荒陬古奥，怨对悲愁，杜牧之许为楚骚之苗裔也。又五言试帖，前选略见，今为制科所需，检择佳篇，垂示准则，为入春秋闱者导夫先路也。他如任华、卢仝之粗野，和凝香奁诗之亵嫚，与夫一切生梗僻涩及贡媚献谀之辞，概挂斥焉。且前此诗人未立小传，未录诗话，今为补入。前此评释亦从简略，今较详明。俾学者读其诗，知其为人，抑因评释而窥作者之用心，今人与古人之心用可如相告语矣。成诗二十卷，得诗一千九百二十八章。①

由此可见，增订本所增加的只是初唐四杰王勃（子安，650—676？）、杨炯（650—693？）、卢照邻（升之，634？—686？）、骆宾王（观光，627—？684？）以及白居易与李贺（长吉，790—816）的诗作；又因科制所需而增入五言试帖诗作为举子的学习模板；此外，又排斥了任华（生卒年不详）与

---

① 沈德潜：《唐诗别裁集》，中华书局1975年版，第2页。

卢仝（？—835）等一切"褒嫚""生梗僻涩"及"贡媚献谀"的作品，即是说，可能在初刊本时曾选入任、卢两人的诗作，后来在增订本中又删去。由此可见，《唐诗别裁集》增订本对前所选的杜诗并无增删，只在小传及评释上更为详明而已。①而由《杜诗偶评》所选的杜诗的体裁的分布、作品的排列次序以及评释上的绝大程度上的重见，我们可以推断，《杜诗偶评》是沈氏在重订本的《唐诗别裁集》中割取出来，再略为增删而成的。例如，《杜诗偶评》卷一五言古诗的79首作品，便尽取《唐诗别裁集》卷二的53首，另增入26首；②《杜诗偶评》卷二七言古诗70首中，尽取《唐诗别裁集》卷六的34首，③而作品的排列次序亦几乎一样；《杜诗偶评》卷四七言律诗58首中，便有30首与《唐诗别裁集》卷十三一样，只遗《城西陂泛舟》；④而《杜诗偶评》同卷（卷四）中的五言长律19首中，其中18首与《唐诗别裁集》卷十七的全部18首篇名一样。即是说，沈氏在《杜诗偶评》卷四的77首律诗中便取《唐诗别裁集》卷十三及卷十七49首中的48首。总括而言，《唐诗别裁集》卷二、卷六、卷七、卷十、卷十三及卷十七的

---

① 胡幼峰认为《杜诗偶评》的成书可能是当时沈德潜奉命入上书房辅诸皇子读书，或为教授杜诗而加以选评，故而评文多与《唐诗别裁集》之语重叠。见胡幼峰《沈德潜诗论探研》，学海出版社1986年版，第24页。

② 另增入二十六首作品，详见［日］渡会末茂编《杜律评丛·杜诗偶评》，中文出版社文化六年版，第1卷。

③ 另增入《秋雨叹三首》《题壁上韦偃画马歌》及《戏韦偃为双松图歌》（共五首）及《唐诗别裁集》卷七中的24首；又增入《杜鹃行》《海棕行》《光禄阪行》《后苦寒行二首》《发刘郎浦》《朱凤行》。此外，《唐诗别裁集》卷十"五言律诗"63首便有62首出现于《杜诗偶评》的卷三中，只删除《促织》而已，又另外新增入48首诗。

④ 沈德潜：《唐诗别裁集》，中华书局1975年版，第188—191页。

合共112首杜诗中,便有110首(91.5%)在《杜诗偶评》中出现,而这110首在《杜诗偶评》四卷合共349首中,便约占31.5%。

现在再比较沈德潜《唐诗别裁集》的评杜诗与《杜诗偶评》一书的特色。前面提及钱谦益与朱长孺的注杜乃清初的注杜名家,从《唐诗别裁集》与《杜诗偶评》两个选本中可见,沈德潜的评杜诗乃深受钱、朱二人的影响。如在《唐诗别裁集》中评《送重侄王砅评事使南海表》时他便说:

> 卢奂、宋璟为广府节度使出者,出其上也。牧斋谓大历四年,李勉除广州刺史兼岭南节度使,有善政。耆老以为可继卢奂、宋璟、李朝隐之徒所谓亲贤大夫,亦谓勉也。①

此批点在《杜诗偶评》中则完全被删掉。② 在《唐诗别裁集》中评《有感五首之一》,沈氏即直接引用钱笺的评语:

> (钱笺)李之芳使吐蕃被留经年,故以张骞垂槎为比。此慨节镇拥重兵不能御寇。③

然而,此评点却不见于《杜诗偶评》的同一首诗的评语

---

① 沈德潜:《唐诗别裁集》,中华书局1975年版,第39页。
② [日]渡会末茂编:《杜律评丛·杜诗偶评》第1卷,中文出版社文化六年版,第83—84页。
③ 沈德潜:《唐诗别裁集》,中华书局1975年版,第153页。

中。① 由此可推断，《杜诗偶评》乃从《唐诗别裁集》中抽出大部分的杜诗，再增加若干作品，删去之前所采用的钱谦益与朱鹤龄两人笺注，在评点《杜诗偶评》时已全采用个人的见解。

沈德潜评杜诗有取于钱、朱两家而又不囿于两家之见，且时有不同的见解。例如在评《同诸公登慈恩塔》便质疑钱注的穿凿，说：

> 后半回首以下胸中郁郁硉硉，不敢显言，故托隐语出之，已上皆寔境也。钱牧斋谓通体皆属比语，恐穿凿无味。②

即是指出上半首乃写景，后半首乃比语，而钱谦益因为强以史证诗，在沈德看来，不免穿凿无味。由此亦可见沈德潜对钱谦以史证杜诗而失于穿凿之弊的批评。如在《洗兵马》一诗，沈氏作出如下旁批：

> 肃宗即位下制曰复宗庙，于函洛迎上皇于巴蜀，导銮舆而反正朝。寝门以问安，朕愿足矣！诗中指此意并非刺讥，牧斋所笺俱深文未允。

又在此诗后说：

---

① ［日］渡会末茂编：《杜律评丛·杜诗偶评》，中文出版社文化六年版，第18页。
② 沈德潜：《唐诗别裁集》，中华书局1975年版，第30页。

第五章　别裁伪体归雅正：沈德潜编选的六种选本

> 两京克复，上皇还宫，正臣子欣幸之时，安有预探移宫之事而加以诽议乎？钱牧斋比之商臣杨广，过用深文。少陵忠爱切不若是。①

由《杜诗偶评》沈德潜的评杜诗中可见，他亦如钱谦益般详于《唐书》，而在以史证诗方面则比钱氏更为灵活；而他又同时兼备朱鹤龄注杜的精于地理这一特长。在《杜诗偶评》卷二中评《悲陈陶》的题下便凸显了沈德潜娴熟《唐书》及地理："陈陶斜在咸阳县东又名陈陶泽。《唐书》作陈涛。"②而在《奉赠韦左丞二十二韵》的旁批中亦有如下评语：

> 天宝二载诏天下有一艺者谷下。李林甫谓野无遗贤，皆下之。③

在《自京赴奉先县咏怀五百字》题下便有：

> 天宝十四载十月，上幸华清宫。十一月禄山反，诗应作于将反时。④

---

① 沈德潜：《唐诗别裁集》，中华书局1975年版，第97页。
② [日] 渡会末茂编：《杜律评丛·杜诗偶评》，中文出版社文化六年版，第111页。
③ 同上书，第20页。同样的评点可见于沈德潜《唐诗别裁集》，中华书局1975年版，第29页。
④ [日] 渡会末茂编：《杜律评丛·杜诗偶评》，中文出版社文化六年版，第31页。同样的评点可见于沈德潜《唐诗别裁集》，中华书局1975年版，第31页。

沈德潜评杜诗的特色在于糅合钱谦益的以史证诗与朱鹤龄的训诂之长，而又重于诗学方法上的评点。例如在评《北征》时便说："竟用文章叙起，老气无敌"。至中段"至尊尚蒙尘"以下又评：

> 到家后悲喜交集，词尚未了，忽然入至尊蒙尘一语，直起突接，用笔不可捉摸。

而在诗后又评说：

> 短篇突然而起，悠然而止，不必另缀起结。长篇必铺叙有伦，起结整齐，方为合格。读杜诗须从此等大篇着意。汉魏以来未有此格，少陵特为开出。公之忠爱谋略具见，诗史诗圣，应以此等目之。①

在评《饮中醉八仙》时说：

> 前不用起，后不用束，祕差历落，或多或少，似八章仍似一章，古无此格。每人各赠几言，故有重韵而不妨碍。②

在评《戏韦偃为双松图歌》时道：

---

① ［日］渡会末茂编：《杜律评丛·杜诗偶评》，中文出版社文化六年版，第31页。同样的评点可见于沈德潜《唐诗别裁集》，中华书局1975年版，第41、44页。

② ［日］渡会末茂编：《杜律评丛·杜诗偶评》，中文出版社文化六年版，第102页。

突元起不妨平接，如堂上不合生枫树，下接闻君扫却赤县图是也。平调起必须用警语，接如天下几人画古松，下接绝笔长风起纤末是也。学者于此求之，古风之法得矣。①

这种为学诗者作诗法上的剖析，可谓抽丝剥茧，要言不繁，一语中的。若非浸淫日久而有深切体会，决不能如此娓娓道来。除了其选诗在各种诗体上的较为平均之外，其精当的评点，亦乃《杜诗偶评》能流传到日本的原因并大受欢迎的原因。②

八 结语

面对明末清初诗坛遗留下来许多繁复的诗学论争，沈德潜毕生致力于诗学的传承与批判，其诗学理念基本均体现于其诗选当中。整体而言，其所编选的《古诗源》《唐诗别裁集》及《明诗别裁集》乃回应明代以前、后七子为主的复古诗派的"诗必盛唐"之桎梏而选，力倡溯源，匡正了李攀龙《古今诗删》中选唐诗部分（或流行的《唐诗选》）大篇幅偏重盛唐。明末清初以来的诗坛对前、后七子的诗学理念与创作，大致上均倾向于诋毁与斥责，沈德潜则在《明诗别裁集》中予以批判性的肯定；另一方面又采取以杜诗与韩诗的温柔敦厚与雄奇磅礴兼济王士禛《唐贤三昧集》之偏于清淡。《宋金三家诗选》

---

① ［日］渡会末茂编：《杜律评丛·杜诗偶评》，中文出版社文化六年版，第124页。
② 袁志彬认为有两个原因造成《杜诗偶评》之所以得以广泛流传并在日本造成颇大的影响："一、是此书是一部各体皆备的较为完善的杜诗选本；二、是此书评点文字置于行间、诗末，无长言大论，评语少而精到，颇得要领，多启窾要，有利于初学。"见《沈德潜及其杜诗论（上）》，《杜甫研究季刊》1995年第3期。

之选足见他并非尊唐而绌宋，他虽然亦从杜诗的传承关系而选苏轼、陆游与元好问的诗，但亦如其所言，他并不废宋诗，更非如时人的非唐即宋的偏狭。在面向当时注杜的热潮，《杜诗偶评》兼取钱谦益与朱鹤龄两家之长而融以个人的诗学评点，为明、清之际的杜诗学做出了重大的贡献。

在处理过去诗坛所面对的困难上，沈德潜的几个选本均具针对性，在取舍上纯从诗学角度作考量，既摆脱了明末以来选诗的门户之见，亦不染清初以降选诗以求结纳的功利之图。身处高压政治的环境底下，沈德潜并没有因此而却步，《明诗别裁集》与《清诗别裁集》之不选公安三袁与袁枚，虽与其力求温柔敦厚与雅正的诗学理念有绝大的关系，然而亦不无可议之处，这或与其"以诗存人""微存史意"的理念亦不无冲突。然而总体而言，沈德潜的选诗标准与诗学理念，在特定的时代环境当中，已尽了保留佳作、弘扬诗学的责任，更是无惧严苛政治审查的明证，亦是其独立人格的表现，可惜最终还是因《清诗别裁集》之触及政治禁忌而死后仍遭扑碑之厄。文学与政治之间的冲突或本不应出现于坚持"温柔敦厚"的诗学理念的沈德潜身上，然而一个"微存史意"的理念，虽令其顿失帝王的恩宠，惨遭死后扑碑之耻，然而却保留了其值得后世尊敬的情操。

第六章

总　　结

　　面对的明末清初诗坛所遗延下来的繁复而精彩的论争，沈德潜倾毕生之力以多姿而独到的诗学体系作回应，纾解了明代复古诗派及其反对者自明末清初以来的困思。

　　沈德潜指出应上溯诗歌之源，返回《诗》《骚》传统，统摄整个诗歌发展史，不桎梏于复古诗派"诗必盛唐"的复古诗观。从对李攀龙"唐无五言古诗而有其古诗"的诗史观的突破而至于拈出"以意运法"的诗学方法论，从而纾解了前、后七子拘泥于"模拟"与"复古"之间的困思。更重要的是，他以实际的选诗行动，将诗学理念付诸实践。《古诗源》既是学诗者模板，更是针对明代前、后七子复古诗学理念中近体必学盛唐而或古体必学汉魏的突破。提出上溯诗歌的源头，指出唐诗乃诗教渐衰之始，从而打破了复古诗派"诗必盛唐"所向往美丽而徒劳的梦幻。

　　与复古诗派一样，沈德潜亦以杜诗为格调派的典范，强调其独创性、其变与其不拘一格。此外，沈德潜又转化"性灵"，汇通"格调"与"神韵"，这可谓是从前后七子的偏于严羽诗论中的格调到王士禛的偏于严羽诗论中的神韵一端的汇通，而这正是明末清初以来的诗坛，从公安之于复古诗派、竟陵之于公安派与复古诗派以至于王士禛的神韵说一路以来以偏救偏的突破。

标举以"杜诗为的"乃沈德潜立意沟通格调与温柔敦厚之所在。"格调"既是沈氏是对前、后七子诗学上的承传,亦是沈德潜当时身处的社会形态下的声音,即是唱出盛世之音,而非七子的慷慨悲歌。故而,温柔敦厚即是格调派在创作上的思想内容的指导,而格调即是其形式音韵方面的追求。这样便不难明白何以他既以杜诗为诗学方法论的典范,而又处处强调杜诗的忠君爱国思想,突显杜诗在内容与表现手法上之合于温柔敦厚的诗教。

若纯以"温柔敦厚"一端而论沈德潜的诗论,有些论者斥之为封建政权的"走狗""奴才",从这样拘执一偏而下判断并非客观的学术研究。我们一方面既要从"格调"与"温柔敦厚"这两个属于沈德潜诗论的核心入手,探索其关系所在。另一方面,我们亦应着眼当时的政治态势,对处身其中者如王士禛以至于沈德潜的诗论背后可能蕴藏的意识形态元素作出衡量,这样便期能做到内缘上的学术与外在的政治因素相结合的客观研究。由清初以降,清廷在意识形态上的刻意经营与风声鹤唳的文字狱双管齐下,"温柔敦厚"这一传统诗教由官方的大力鼓吹作为意识形态的策略而至于沈德潜将之融入"格调说",故能独鸣于世。然从诗学角度而言,"温柔敦厚"之作为格调派诗学的重要元素之一的意义有两点:一方面在于诗歌的内容方面,"盛世"及其恐怖时代的文字狱底下焉能容忍"噍杀之音"?然亦相对地在风格上与思想内容较"流于光景"的神韵说迈出了一大步,为当时的诗学困境找了突破处。故由此而言,"温柔敦厚"则乃沈德潜标准格调诗说然又能安然无恙于严苛的意识形态底下的必要元素。

故而，沈氏在《唐诗别裁集》中固然乃以格调济王士禛《唐贤三昧集》及其神韵说的不足，而其中更是力求以合于温柔敦厚的性灵说以汇通格调与神韵。《唐诗别裁集》中大量的选录杜诗及《杜诗偶评》正是沈德潜力求融合格调说及温柔敦厚两个诗学理念的努力所在。

纵使沈氏趣向在唐诗，然并不排斥宋诗，晚年更编选了《宋金三家诗选》。然而，其所选亦乃出于苏东坡、陆游与元好问的诗乃渊源于杜甫，这无疑太过坚持其个人诗学理念所致而未能欣赏宋诗的真趣。而从《明诗别裁集》这一选本则可见沈德潜对明代风起云涌的诗坛的批判。有别于钱谦益对前、后七子的强烈贬抑，沈德潜充分肯定前、后七子对明代诗坛的贡献，然又不乏中肯独到的批评。然而对公安以至于竟陵的评价显然又过低，这与其诗学理论的偏向不无关系。沈德潜之所以为一堂堂的诗论家，不为文化奴隶，不为文学弄臣，正可从其编选《清诗别裁集》可见一斑。"以诗存人，不以人存诗"正是文学独立于政治以外的堂皇而明亮的主张。综观明、清两代的选诗者的选诗标准，大多出于派别标榜与门户之争，沈德潜的选诗标准凸显其正直的人格作为文人的光辉的一面。钱谦益之被冠于《清诗别裁集》之首，乃"以诗存人，微存史意"，然而更重要的意义乃在于沈德潜力求文学独立于政治，超然于意识形态，尽管他不可能不知道收录钱谦益这种为清廷恨之入骨的"贰臣"以及钱名世这样的"名教罪人"的诗作所会惹来的麻烦。

沈德潜便是这样的一位风骨铮铮的具良知的诗学家。

附录

王士禛的神韵说及其实践

一 前言

王士禛及其神韵说在清初可谓风靡一时,可谓一代文宗。然而,后来的袁枚与钱锺书(默存,1910—1998)均曾不约而同地批评王士禛及神韵说,指"才力自薄""天赋不厚,才力颇薄",①因此才言神韵、妙悟,以作掩饰。竞争的焦虑与扳倒正宗的目的,在此不言而喻。且让我们看看王氏一生在诗歌与学问上的努力,王氏年轻时便编有《神韵集》;中年则编了《唐贤三昧集》与《十种唐诗选》,康熙四十三年(1704)编《唐人绝句选》;康熙五十年(1711),王士禛在病榻上将毕生创作加以删定,汇集为《带经堂集》。《带经堂集》九十二卷,收录了王士禛的全部诗集和除笔记杂文之外的散文创作,计有《渔洋集》二十二卷、《渔洋续诗》十六卷、《渔洋文》十四卷、《蚕尾集》二卷、《蚕尾续诗》十卷、

---

① 袁枚著,顾学颉校点:《随园诗话》上册,人民文学出版社1998年版,第48页;钱锺书:《王渔洋诗》,《谈艺录》,中华书局1984年版,第99页。

《蚕尾文》八卷、《蚕尾续文》二十卷。其中，诗歌创作约有四千余首。再者，王氏门生遍天下，除非这批包括惠栋（定宇，1697—1758）在内的门生弟子均是笨伯、木偶，否则以彼等之睿智博学，又何以拜于王氏门下？明末清初的诗坛盟主而又目光如炬的钱谦益岂会为了与王氏其叔祖之交谊而对此后生晚辈大力揄扬？康熙与乾隆的揄扬或许不无政治目的，而以彼等在诗歌上的鉴赏能力，又岂会轻易盲从附和？王氏的诗歌，在中国诗歌史上，并非一流，然置于元、明、清三朝之中，却是卓然成家。而其神韵说之横空出世，更是元、明以来诗坛的甘霖。其理论与实践并重，秋柳组诗更是传唱大江南北，可谓一时无两。这一切，并非偶然。而且，学问渊博，亦并不代表就能写出好诗。

本文先着手分析王士禛的神韵说的内涵，然后深入探讨此诗学的创作条件，再而回顾其与明代格调说之在理论上的关系，最后则落实至论述王氏如何在其诗歌实践中体现出其神韵诗说。

二 "神"与"韵"

神韵的内涵，因古人之言简意赅而看似虚无缥缈。孙康宜认为：

> 所谓"神"就是"形"的反面，是一种想象的空间、一种精神的自由。而"韵"乃是美的化身，是对日常生活细节的超越。用王士禛的话来说，这种心境就是"入神"

的体验,只能兴会神到,偶尔得之,故十分难得。①

想象、超越、入禅以至于兴会,这都是此境界的关键特征。宫晓卫则更具体化地作出归纳:

> 综观王士禛的论诗言论,涉及面极广,内容十分繁富,而总其要,则大致可归纳为这几方面,即为学习、把握前人诗之神的"妙悟";创作实践中的"兴会";艺术风格上追求的意内言外、朦胧清远、含蓄蕴藉。它们构成了王士禛"神韵"诗论的主体。②

"妙悟"亦即"得之于内",因为有了"兴会",方有"偶然欲书",至于"内言外、朦胧清远、含蓄蕴藉",亦即"语中无语""偶然欲书"。大致上即如朱东润阐释的"三昧"之内涵:"一、得之于内;二、语中无语;三、偶然欲书;四、在笔墨之外。"③

从最基本的字义说起。"神"从示"申"声,两者同义,而"申"即乃"电"的象形字。林尹认为"古人认为雷电发自天神,所以神字从申(电)"④。故此,王士禛讲"伫兴",亦即灵感,方有主体与天地间那种电光火石的交汇,即杜甫所

---

① 孙康宜:《成为典范:渔洋诗作及诗论探微》,《文学评论》2001年第1期。
② 宫晓卫:《王士禛》,上海古籍出版社1993年版,第80—81页。
③ 朱东润:《王士禛诗论述略》,《中国文学批评家与文学批评》,学生书局1971年版,第21—22页。
④ 林尹:《文字学概说》,正中书局1971年版,第66页。此处转引自黄景进《王渔洋诗论之研究》,文史哲出版社1990年版,第91页。

言的"下笔如有神"是也。在此,作品并非以作者为中心,作者只是天地与作品之间的中介物,故而在迷离朦胧的境界中,思接千载,虚中有实,实中有虚,非实非虚,穿梭于想象与历史之间,而非以作者的主体旁观大千世界而作出评价。

"韵"字本为韵,本为古代调和编钟音调以达和谐之器具,乃乐曲调合而达致神入乐中境界的听觉效果,故而神与韵,虽各有实指,而最终境界则如一。

"神韵"第一次作为一个词语使用乃出自《宋书·王敬弘传》中宋顺帝称赞王敬弘"神韵冲简";《南史·隐逸传》记孙缅遇上一位渔父而叹曰"神韵潇洒";谢赫《古画品录》评顾骏之曰:"神韵气力,不逮前贤"。

"神韵"最早乃出现于陆时雍(仲昭,1591?—1641?)的《诗境总论》。至于最早以"神韵"评诗者亦非始于王士禛,而是明代的孔天允(汝锡,约1545年前后在世),王氏在其《池北偶谈》中说:

> 汾阳孔文谷(天允)云:诗以达性,然须清远为尚。薛西原论诗,独取谢康乐、王摩诘、孟浩然、韦应物,言"白云抱幽石,绿筱媚清涟",清也;"表灵物莫赏,蕴真谁为传",远也;"何必丝与竹,山水有清音","景昃鸣禽集,水木湛清华",清远兼之也。总其妙在神韵矣!神韵二字,予向论诗,首为学人拈出,不知先见于此。①

---

① 王士禛著,戴鸿森校点:《带经堂诗话》上册,人民文学出版社1998年版,第73页。

黄景进更指出由锺惺、谭元春所编选的《诗归》与胡应麟的《诗薮》中均曾以"神韵"评诗。黄景进对王氏之不提及"神韵"之源头表示不理解，又认为其不提胡应麟可能与钱谦益之鄙视胡氏有关①。其实不然。从各家以"神韵"评诗可见，孔天允乃从谢灵运、王维、孟浩然、韦应物这一山水传统而作出具体阐释，而其他各家却不以此山水传统为依据，而彼等对此概念之说明亦远远不及孔氏之详细具体。

在王士禛论诗的文字当中，以"神韵"具体评诗的几乎就此一条：

> 七言律联句神韵天然，古人亦不多见。如高季迪："白下有山皆绕郭，清明无客不思家。"杨用修："江山平远难为画，云物高寒易得秋。"曹能始："春光白下无多日，夜月黄河第几湾。"近人："节过白露犹余热，秋到黄州始解凉。"（按：李太虚诗）"瓜步江空微有树，秣陵天远不宜秋。"（按：程孟阳诗）释读彻："一夜花开湖上路，半春家在雪中山。"皆神到不可凑泊。……余昔登燕子矶有句云："吴楚青苍分极浦，江山平远入新秋。"或庶几尔。②

奇怪的是，他所列举的诗人竟非唐代大家，就连律诗正宗杜甫亦不入其眼帘，而是始于明朝的几位诗人，下及他本人。值得注意的是，上述这些诗句的用字及风格，与其本人的创作

---

① 黄景进：《王渔洋诗论之研究》，文史哲出版社1990年版，第106—107页。
② 王士禛著，戴鸿森校点：《带经堂诗话》上册，人民文学出版社1998年版，第71页。

风格，极之接近。

这就是他个人在诗歌传统上的接受与创新，由此开出别开新面的一种审美标准，提出一套新的诗歌理论。王士禛《唐贤三昧集》中所选的诗人并非诗仙李白与诗圣杜甫，而是由王维主导辅以孟浩然、储光羲（707—760）这些山水诗人所建构而成的神韵谱系。

最能具体体现王士禛神韵说的莫过于其《神韵集》。当王氏在任扬州推官的第二年（康熙元年，1662），"摘取唐律绝句"，编成《神韵集》，以教子弟学诗。可惜此选已佚。黄景进认为《感旧集》中原附有一小部分的《神韵集》，但今本的《感旧集》已无《神韵集》的痕迹，可能乃王氏晚年所删；而其晚年之删《神韵集》，则因为新编的《唐贤三昧集》中已涵盖了当年的《神韵集》。①

门人问《唐贤三昧集》之要旨，王氏回答如下：

> 《林间录》载洞山语云："语中有语，名为死句；语中无语，名为活句。"予尝举似学诗者。今日门人邓州彭太史直上（始搏）来问予《唐贤三昧集》之旨，因引洞山前语语之，退而笔记。②

此乃高层次的回应，下面对神韵诗的具体解答，就并非如

---

① 黄景进：《王渔洋诗论之研究》，文史哲出版社1990年版，第105页。有关《唐贤三昧集》及其与王士禛诗学的关系的探讨，可参阅蒋寅《王渔洋与康熙诗坛》，中国社会科学出版社2001年版，第55—79页。

② 王士禛著，戴鸿森校点：《带经堂诗话》上册，人民文学出版社1998年版，第82页。

以上的三言两语的妙悟而已。

三 神韵诗的创作条件

王士禛说他自己最喜欢的诗话包括锺嵘的《诗品》、严羽的《沧浪诗话》以及徐祯卿的《谈艺录》。然而，他引用最多而且最倾心的，还是司空图《二十四诗品》中的"不着一字，尽得风流"八字。

至于其实际在诗学上的应用，主要还是严羽的诗论：

> 夫诗之道，有根柢焉，有兴会焉，二者率不可得兼。镜中之象，水中之月，相中之色，羚羊挂角，无迹可求，此兴会也。本之风、雅，以导其源；泝之楚骚、汉魏乐府诗，以达其流；博之九经、三史、诸子，以穷其变，此根柢也。根柢原于学问，兴会发于性情，于斯二者兼之，又斡以风骨，润以丹青，谐以金石，故能衔华佩实，大放厥词，自名一家。①

由此可见，作为诗论家的王士禛非常明白诗歌在"兴会"与"根柢"的两大趋向，亦即性情与学问之偏向，当然他亦强调两者结合之可贵。而"兴会"，则乃神韵说之趋向，假如整首诗都是卖弄学问，又何以达至镜花水月、无迹可求的境界？

要以"兴会"而创作，则必先"伫兴"：

---

① 王士禛著，戴鸿森校点：《带经堂诗话》上册，人民文学出版社1998年版，第78页。

> 王士源序孟浩然诗云:"每有制作,伫兴而就。"余生平服膺此言。故未尝为人强作,亦不耐为和韵诗也。①

"伫兴"而就,不"强作",则必发自内心的创作欲望及冲动,因而说"发乎性情"、"偶然欲书":

> 南城陈伯玑允衡善论诗,昔在广陵评予诗,譬之昔人云"偶然欲书",此语最得诗文三昧。今人连篇累牍,牵率应酬,皆非偶然欲书者也。②

这是"诗文三昧",可见其服膺的程度,终生不渝。在创作的过程中,则要达至"忘":

> 当笔忘手,手忘心,乃可。此道人语,亦吾辈作诗文真诀。③

"伫兴""发乎性情""偶然欲书""忘",即为发乎自然的情与境遇,不可不发而为诗。

能由"伫兴"而至于"兴会"者,必有才华,否则一切均是徒然。故而王氏又借严羽之诗论,提出"妙悟":

> 严沧浪《诗话》,借禅喻诗,归于妙悟,如谓盛唐诸

---

① 王士禛著,戴鸿森校点:《带经堂诗话》上册,人民文学出版社1998年版,第67页。
② 同上书,第84页。
③ 同上书,第82页。

家诗,如镜中之花,水中之月,镜中之象,如羚羊挂角,无迹可求。乃不易之论。①

这是才子诗,亦是个人的品位。一切均如镜花水月,如虚似实,有如其咏史与怀古诗,只是城墙宫阙,昔日江山,即使是文字狱当前,亦无法以诗入罪,却又掀起遗民心中的创痛与共鸣,又奠定了其诗坛盟主之地位,可谓典范之作。

妙悟之作又有区别,王氏心目中诗的最高境界,则是由以上的一连串条件之下而达至的境界——"自然":

> 昔司空表圣作《诗品》,凡二十四品,有谓"冲澹"者,曰:"遇之匪深,即之愈稀。"有谓"自然"者,曰:"俯拾皆是,不取诸邻。"有谓"清奇"者,曰:"神出古异,澹不可收。"是品之最上者。②

自然流露,点到即止,意在言外。如此境界,非止于情感之倾泻,更非堆陈表象,情感与学问,只是基础而已,而且即使具备了这两项条件,若没有这种境界的品位与慧根,亦难达至神韵之境界。

作为当时活跃于诗坛的王士禛,对当时诗坛之趋向必然了然于胸,而此年轻人在其出入传统之际而拈出神韵说并致力于实践,必然有他的目的。

---

① 王士禛著,戴鸿森校点:《带经堂诗话》上册,人民文学出版社1998年版,第65页。
② 同上书,第72页。

四 神韵与格调

自清代以来,学者对于王士禛的神韵说便众说纷纭。翁方纲便认为:

> 李、何、王、李之徒,泥于格调而伪体出焉。……至于渔洋,变格调曰神韵,其实即格调耳。而不欲复言格调者,渔洋不敢议李、何之失,又恐后人以李、何之名归之,是以变而言神韵,则不比讲格调者之滋弊矣。①

翁氏指出王士禛乃变明代复古诗派之格调为神韵,甚至认为神韵"其实即格调"。纪昀亦与翁方纲持相同的观点。② 然而,郭绍虞则认为翁方纲未辨格调与神韵有所分别:

> 格调之说重在气象,而神韵之说,更是建筑在气象上的。二者都是给人以朦胧的印象。……实则格调说所给人以朦胧的印象的是风格,神韵说所给人以朦胧的印象的是意境。读古人诗而得朦胧的印象这是格调;对景触情而得朦胧的印象,这是神韵。③

---

① 翁方纲:《格调论上》,郭绍虞编《中国历代文论选》第3册,上海古籍出版社1990年版,第524页。
② 纪昀:《冶亭诗介序》,见陈良运等主编《中国历代诗学论著选》,百花洲文艺出版社1995年版,第1008页。近人学者亦不乏与翁方纲与纪昀相近的意见,如马积高《清代学术思想的变迁与文学》,湖南出版社1996年版,第20、61、67页。
③ 郭绍虞:《中国文学批评史》,上海古籍出版社1988年版,第542页。

格调是风格，神韵是意境，确是的论。风格易摹，意境难至。气象有字、词、音韵可循，意境乃诗人的精神体现；字、词、音韵乃构成作品的基础，而意境则有赖诗人的个性、情感及才情。郭绍虞又说：

> 悬一风格而奔赴之，所以成为模拟；悬一意境而奔赴之，则只有能到与否的问题，不会有能似与否的问题。这也是第一义之悟与透彻之悟的分别。①

风格易摹，而意境则非有自家体会不能到。这是第一义之悟与透彻之悟的分别，亦是模拟与创造之别。神韵说的创作条件非常着重诗人本身的才情，完全是倾向创造性之理论，而持格调说如前七子中的何景明则希望从模拟而达至创造的"舍筏登岸"。②

郭绍虞又认为翁氏有关格调之论"说得模糊"，③在格调的研究史上，郭氏对神韵的理解已是最为深入的了，然而亦有迷糊的时刻，兜兜转转之后他却竟然说：

> 我们以前说沧浪诗论是以神韵说的骨干而加上了一件格调的外衣，那么，可以说渔洋诗论即使有同于格调的地方，也是以格调说的骨干，加上了一件神韵说的外衣。这

---

① 郭绍虞：《中国文学批评史》，上海古籍出版社1988年版，第542页。
② 何景明：《与李空同论诗书》，郭绍虞主编《中国历代文论选》第3册，上海古籍出版社，第37—39页。
③ 郭绍虞：《中国诗的神韵、格调及性灵说》，崇文书店1971年版，第57页。

是渔洋较七子聪明的地方。①

这又何异于翁方纲之论？实非如此，两者是有所不同的。虽然郭氏随即亦指出王士禛之神韵说不重模拟而求朦胧的印象，但基本上如果依郭氏对格调与神韵的认知方法，那将是模棱两可，永无清晰之日，当然亦无法辨别两者的真面目，以及彼此的诗学主张。

沈德潜对格调与神韵的认识较为清晰、深入，在《重订唐诗别裁集序》中他如此界定两者的分别：

> 新城王阮亭尚书选《唐贤三昧集》，取司空表圣"不着一字，尽得风流"。严沧浪"羚羊挂角，无迹可求"之意，盖味在盐酸外也。而于杜少陵所云"鲸鱼碧海"，韩昌黎所云"巨刃摩天"者，或未之及。余因取杜、韩语意，定《唐诗别裁》，而新城所取，亦兼及焉。②

"不着一字，尽得风流""羚羊挂角，无迹可求"是一种风格，"鲸鱼碧海""巨刃摩天"又是另一种风格。严羽在《沧浪诗话》中论诗说："（诗）其大概有二，曰优柔不迫，曰沈着痛快。"③沈德潜所标举杜甫的"鲸鱼碧海"与韩愈的"巨刃摩天"，可谓乃严羽所谓的"沈着痛快"一类，而王士禛的"不着一字，尽得风流""羚羊挂角，无迹可求"当属"优柔

---

① 郭绍虞：《中国诗的神韵、格调及性灵说》，崇文书店1971年版，第65页。
② 沈德潜：《唐诗别裁集》，中华书局1977年版，第2页。
③ 严羽著，郭绍虞校释：《沧浪诗话校释》，里仁书局1987年版，第8页。

不迫"一类。沈德潜并没有否定王士禛之选,只是觉得有所不足,故而其《唐诗别裁集》乃在王士禛"优柔不迫"的基础上加上复古诗派所追求的"沈着痛快"的唐音。①

"沈着痛快"与"优柔不迫"乃格调与神韵之别。然而,两者皆又源于严羽的诗论。郭绍虞认为前、后七子与王士禛乃各执严氏诗论的一端,又说:

> 严羽诗论乃以神韵说的骨干,而加上了一件格调说的外衣。明代前后七子只见了他的外衣,所以上了他的当;清代王渔洋去掉了这件外衣,便觉得一变黄钟大吕而为清角变征之音。②

说明代前、后七子只见严羽的格调说并无不妥,然若说他们上了严羽的当拘泥于模拟古人格调则不对。李梦阳论诗也主性情,何景明也强调舍筏登岸,王世贞不也是说过"法极无迹,人能之至,境与天会"这类近乎神韵的论调吗?前、后七子之所以既强调性情,又热衷于诗法探讨,然而又不无矛盾地陷入一味模拟的泥沼而不能自拔,实乃欲追摹盛唐诗歌而达至盛唐的政治气象的驰想所致。

神韵说与格调说之别在于,前者是从境界说起,而后者乃从基础说起。格调说乃从锻字遣词之模仿开始,而神韵说则已超乎这一套,更多的是要求个体情感与当时环境的交汇反应。

---

① 王镇远与邬国平便认为沈德潜论诗首标气盛格高,雄浑阔大的审美趣向,有意以七子之格调论来补王士禛神韵说之不足。见邬国平、王镇远:《清代文学批评史》,上海古籍出版社1996年版,第446页。

② 郭绍虞:《中国文学批评史》,上海古籍出版社1988年版,第281页。

郭绍虞亦说过：

> 工夫在诗上面者，所以成为格调说，因为求之于绳墨之中；工夫不在诗上面者，所以成为神韵说，因为须求之于蹊径之外。①

故可以说，格调说乃中人之资可学而致之，而神韵说则须别有慧根者，方可达致。从禅宗的角度而辨两者之别，格调说乃渐悟，须下苦功夫，而神韵则为顿悟，对象为具潜在天赋者。故而张九征（公道，1617—1684）在《与王阮亭书》中称格调为"后天事"而遂有"伧父""笨伯"之讥，而对渔洋之神韵则乃誉之为"御风以行，飞腾缥缈"，②虽不无阿谀的成分，而实际上却也说到了两者的根本分别。

王士禛之倡导神韵，其实际创作又如何体现其理论呢？以下以其绝句与怀古诗略作分析。

五　神韵诗与绝句及怀古诗

赵翼针对王士禛在诗歌创作上之偏向神韵，而有以下批评：

> 其名位声望，为一时山斗者，莫如王阮亭。然阮亭专以神韵为主……然专以神韵胜，但可作绝句，而元微之所

---

① 郭绍虞：《中国诗的神韵、格调及性灵说》，崇文书店1971年版，第58页。
② 周亮工：《尺牍新钞》，转引自郭绍虞《中国诗的神韵、格调及性灵说》，崇文书店1971年版，第50—51页。

谓"铺陈终始,排比声韵,豪迈律切"者,往往见绌,终不足以八面受敌为大家也。①

赵氏以为绝句富有韵味,而王氏亦因此偏向与局限而未能为大家。然而,对此问题,王士禛并非不知道,他曾说:

> 自昔称诗者,尚雄浑则鲜风调,擅神韵则乏豪健,二者交讥;唯今太宰说严先生之诗,能去其二短,而兼其两长。②

当然,王氏的整体诗作确是偏向于神韵而乏豪健。从我们对他成长的环境及家学的了解,这是必然的结果。正如李白诗一二妙处,杜甫不能为之;杜甫一二绝处,亦非李白所能致之。翁方纲则为王氏解围,认为王氏乃有意朝冲和淡远的诗风发展:

> 先生于唐贤独推右丞、少伯以下诸家,得三昧之旨,盖专以冲和淡远为主,不欲以雄鸷奥博为宗。③

施闰章喻渔洋诗如"华严楼阁,弹指即现;又如仙人五城

---

① 赵翼:《瓯北诗话》卷十,《清诗话续编》上册,上海古籍出版社1999年版,第1299页。
② 王士禛著,戴鸿森校点:《带经堂诗话》上册,人民文学出版社1998年版,第161页。
③ 翁方纲:《七言诗三昧举隅》,王夫之等撰《清诗话》,上海古籍出版社1978年版,第291页。

十二楼,缥缈俱在天际"。① 这种描述说的就是神韵诗的境界。

1. 绝句

王士禛曾就自己的几首绝句作出如下评论:

> 唐人五言绝句,往往入禅,有得意忘言之妙,与净名默然,达磨得髓,同一关捩。观王、裴《辋川集》及祖咏《终南残雪》诗,虽钝根初机,亦能顿悟。……予少时在扬州亦有数作,如:"微雨过青山,漠漠寒烟织。不见秣陵城,坐爱晚秋色。"(《青山》)"萧条秋雨夕,苍茫楚江晦。时见一舟行,蒙蒙水云外。"(《江上》)"雨后明月来,照见下山路。人语隔溪烟,借问停舟处。"(《惠山下邹流绮过访》)"山堂振法鼓,江月挂寒树。遥送江南人,鸡鸣峭帆去。"(《焦山晓起送昆仑还京口》)……皆一时伫兴之言,知味外味者当自得之。②

在此,他明确地提出了唐人五言绝句与禅宗的关系,而"得意忘言"既是禅宗之旨,同是神韵之妙。具体则以王维《辋川集》这一他推崇的神韵谱系为体悟对象。至于他自己的少作,风格亦此谱系极之接近。因此,宫晓卫指出:

> 王士禛举唐诗的"蕴藉含蓄,意在言外",本特指绝

---

① 施闰章:《渔洋诗话》,王夫之等撰《清诗话》,上海古籍出版社1978年版,第199页。
② 王士禛著,戴鸿森校点:《带经堂诗话》上册,人民文学出版社1998年版,第69页。

句而言,而朦胧冲淡、清远飘逸的意境亦不易从长于运气蓄势、浓墨重彩的长篇大制中求得。王士禛之擅长绝句,恰恰是其理论与实践的印合。①

五言绝句的体裁特征正合神韵论之言简而意远,长篇大制或非其不能,而是不合理论要求。吴调公则认为王士禛的七绝最能呈现其神韵说:

> 他的神韵说还得力于他在创作中特别是在七绝诗创作中,善于观物于微,抓住一掠而过的感受,扣合着当前与之相适应的气氛。王渔洋曾经说过这一段极其透辟的话:"当其触物兴怀,情来神会,机括跃如,如兔起鹘落。稍纵则逝矣。有先一刻、后一刻不能之妙。"(《师友诗传录》)②

绝句的短小篇幅最适合于偶然欲书的兴会,眼前触发伫兴的景物与胸中块垒遇合,故而诗中有山有水,而山水景物又隐隐约约地点染作者的情感色彩。

2. 怀古诗

怀古诗是王士禛体现神韵诗的主要题材,而其用典过多却因此而招人诟病。袁枚批评他说:"诗中必用典,可以想见其

---

① 宫晓卫:《王士禛》,上海古籍出版社1993年版,第89页。
② 吴调公:《神韵论》,人民文学出版社1991年版,第219页。

喜怒哀乐之不真矣。"① 沈德潜亦颇有微词：

> 渔洋獭祭之工太多，反为书卷所掩，故尔雅有余，而莽苍之气、遒劲之力往往不及古人。②

事实是否如此？先看看此类作品：

> 泽国阴多暑气微，一城烟霭昼霏霏。春风远岸江蓠长，暮雨空堤燕子飞。四镇虫沙成底事，五王龙种竟无归。行人泪堕官桥柳，披拂长条已十围。《淮安新城有感二首之一》③

"四镇"指明末靖南伯黄得功（虎山？—1645），东平伯刘泽清（鹤洲？—1645），兴平伯高杰（英吾？—1645），广昌伯刘良佐（明辅？—1667）。"四虫"典出《抱朴子》："周穆王南征，三军之士，一朝尽化，君子为猿为鹤，小人为虫为沙。""五王"乃分别指南明的福王朱由崧（1607—1646）、唐王朱聿键（1602—1646）、永明王朱由榔（1625—1662）、鲁王朱以海（巨川，1618—1662）。一首咏史诗的成分，不啻于上了一堂历史课，并非其以神韵驾驭怀古诗的典范，然而这并不就是批评者所要求的学问吗？

---

① 袁枚著，顾学颉校点：《随园诗话》上册，人民文学出版社1998年版，第80页。
② 沈德潜：《清诗别裁集》，中华书局1977年版，第61页。
③ 王士禛著，惠栋、金荣注：《渔洋精华录集注》上册，齐鲁书社1999年版，第99页。

以下的例子迥然不同,少了典故,更多的是兴亡之感慨:

千古秦淮水,东流绕旧京。江南戎马后,愁煞庾兰成。(《余澹心寄金陵咏怀古迹却寄二首》)

永嘉南渡人皆尽,建业西风水自流。洒洒重悲天堑险,浴凫飞鹭满汀洲。(《晓雨复登燕子几绝顶》)

年来断肠秣陵舟,梦绕秦淮水上楼。十日雨丝风片里,浓春烟景似残秋。(《秦淮杂诗》之一)①

诗中要见学问,不外乎典故之运用及是否妥当而已,整篇典故,终为学究,若偶尔嵌入,了无痕迹,而又令人想象无限,则为绝妙高手。

实际上,用典正是王士禛怀古诗导引读者达至神韵彼岸的筏,没有这些典故,则一切均是虚幻梦呓,某种历史时空与特定诗境的联想便无从产生。其传唱大江南北的少年得意之作《秋柳四章》,其时唱和者包括徐夜(嵇庵,1611—1683)、顾炎武(宁人,1613—1682)、冒襄(辟疆,1611—1693)等遗民诗人,甚至连闺秀如李季娴、王路卿等。王士禛《菜根堂诗集序》对唱和之众颇为自许,而他亦详细地描述了触动其"神韵"之情景:

顺治丁酉秋,予客济南。时正秋赋,诸名士云集明湖,一日会饮水面亭,亭下杨柳十余株,披拂水际,绰约近

---

① 王士禛著,惠栋、金荣注:《渔洋精华录集注》上册,齐鲁书社1999年版,第103、110、166页。

人。叶始微黄,乍染秋色,若有摇落之态。予怅然有感,赋诗四章,一时和者数十人。又三年,予至广陵,则四诗流传已久,大江南北和者益众。于是秋柳诗为艺苑口实矣。①

孙康宜指出:

"秋柳诗"之所以能在文坛上引起如此重大的反响,与其特殊的艺术手法有着密切的关系。盖该诗所采用的含蓄手法除了在文字与意象方面给人一种朦胧美以外,它正好也巧妙地勾起了一些"敢悲不敢言"的遗民情绪。……因为正由于"秋柳诗"中似有似无的含蓄深幽之韵致,才引起了当时许多遗老和知识分子的想象与共鸣。②

秋柳拂水,摇落悲恨,不禁掀起遗民的集体回忆,山水依旧,而天地变色。其时风靡大江南北的《秋柳四首》如下:

秋来何处最销魂,残照西风白下门。
他日差池春燕影,只今憔悴晚烟痕。
愁生陌上黄骢曲,梦远江南乌夜村。
莫听临风三弄笛,玉关哀怨总难论。

---

① 王士禛:《菜根堂诗集序》,《王士禛全集》,齐鲁书社2007年版,第2004—2005页。
② 孙康宜:《成为典范:渔洋诗作及诗论探微》,《文学评论》2001年第1期。

娟娟凉露欲为霜,万缕千条拂玉塘。
浦里青荷中妇镜,江干黄竹女儿箱。
空怜板渚隋堤水,不见琅琊大道王。
若过洛阳风景地,含情重问永丰坊。

东风作絮糁春衣,太息萧条景物非。
扶荔宫中花事尽,灵和殿里昔人稀。
相逢南雁皆愁侣,好语西乌莫夜飞。
往日风流问枚叔,梁园回首素心违。

桃根桃叶镇相怜,眺尽平芜欲化烟。
秋色向人犹旖旎,春闺曾与致缠绵。
新愁帝子悲今日,旧事公孙忆往年。
记否青门珠络鼓,松枝相映夕阳边。①

惠栋共为这四首诗作了27个脚注,可见用典之多。《秋柳四首》均以秋柳起兴,典故纷呈,而却各有所指。第一首之白下门、第二首之永丰坊以及第三首之扶荔宫、灵和殿几个地方均以杨柳名闻天下,而第四首之"新愁帝子"指的是曹丕(子桓,187—226)赋柳而伤往之事。故而四首诗中的典故均与杨柳有关,非常的不容易,此乃学问,亦即"根柢"的展现。如此铺排典故,意欲何为?具体而言,第一首之"黄骢曲"指的乃以唐太宗李世民(599—649)喻明太祖朱元璋(国瑞,

---

① 王士禛著,惠栋、金荣注:《渔洋精华录集注》上册,齐鲁书社1992年版,第51—54页。

1328—1398），"乌夜村"乃以晋穆帝司马聃（343—361）之后喻马皇后，指的是晚明之明皇贤后难复得，故有其败。第二首则叹如莲花之君子不复存在，唯遗"青荷"等群小乱政；"中妇镜"则指后宫亦无补君德；至于"江干黄竹女儿箱"则刺弘光帝（1607—1646）大肆掠夺民女以充后宫，民女仓皇逃亡，随身只有粗陋的黄竹之箱；下一联则刺弘光帝之暴行有如挖河以行其淫乐之隋炀帝杨广（560—618），可惜不见有收复失地之猛将如琅琊王桓温（元子，312—373）。洛阳风景宜人，弘光帝登位后纵情声色，已全忘这正是其父朱常洵（1586—1641）被李自成（1606—1645）所杀之所在。第三首以扶荔宫与灵和殿慨叹盛世之永逝，"相逢南雁皆愁侣"指明遗民，而"西乌"则指南明诸王不肖，文臣武将无能，又以枚乘（？—前140）与梁孝王刘武（前184—前144）之故事刺曾助史可法（宪之，1601—1645）御敌，后来却降清之侯方域（朝宗，1618—1654），藉此讽臣子不忠。至于第四首则以"秋色向人犹旖旎，春闺曾与致缠绵"写弘光帝之贪新厌旧，此故事之落实于"旧事公孙忆往年"这一句，写的是曾流落民间的汉宣帝刘询（病已，前92—前49）登位后不忘寻回结发之妻，而弘光帝却不认在离乱中前来相认之童妃。凡此种种，均可见晚明君臣及后宫之乱象，由此而言，其败亡实属必然。王氏此组诗，以当时聚会所见之秋柳起兴，血脉相连，唱出了晚明悲歌。

这组诗之所以能风靡大江南北以至于诗坛盟主钱谦益，应在于乃"根柢"与"兴会"之结合，故历来均被视为王氏神韵诗之最高典范。

此组诗皆有具体的历史地点，皆乃古今兴亡之地，一入眼帘,结合当下,历史的沧桑感汹涌而至,梦、秋柳、潇潇雨、蒙蒙雨、古寺、王室废墟、江南等意象的选择,营造了一种如梦如幻的境界,从而酝酿了一种莫名的伤感,一如王氏之临湖见秋水、柳絮而惆怅莫名,故而读者各有怀抱。正如孙康宜所言,这批历经了翻天覆地的动荡的遗民,无论是个人遭遇或是民族情感均历经磨难与挣扎,故而均有"敢悲不敢言"的压抑,而在山水当前,却为一诗坛后进王士禛巧妙地予以释放,让众人在情感上均得到了宣泄,故而纷纷唱和,王氏亦因其才华横溢及其家族渊源,一跃成为诗坛新星以及众望所归的未来盟主。

3. 诗与政治

值得一提的是,王氏的怀古诗既在当时为他惹来了政治上的麻烦,甚至亦招来不少当今的研究者的批评。有论者则认为"咏歌帝力,点缀太平,因此深受康熙的青睐"。① 实有失公允。《秋柳四首》组诗,便曾被认为是悼念明亡之作,乾隆年间,工部尚书彭元瑞(掌仍,1731—803)便"掎摭"这四首诗的"语疵",使王氏几乎因此而陷于文字狱。② 其实,无论是怀古诗或是《秋柳四首》,均乃王氏流露个人真性情之所在,否则,作为处于文字狱风行之际的官僚,根本不必要冒上随时抄家灭族之险。

王氏与明末遗民的关系益可证其在诗中所流露的乃真性

---

① 王利民:《王士禛诗歌研究》,中华书局2007年版,第48—49页。
② 管世铭:《追忆旧事诗》,刘世南《清诗流派史》,文津出版社1995年版,第206页。

情。遗民诗人与闺秀诗人,这基本上是两个极端的组群,既能引得诗坛名家为此初出茅庐者唱和,已是难得,而此等人物历尽山河破碎、理想幻灭、胸中块垒、久郁于中、有待倾诉,亦不足为奇,而闺阁中人竟亦为此组诗所打动,又有何缘由?《秋柳四首》自当时至今,解人无数,莫衷一是。而导致众人共和、众说纷纭的原因,便乃神韵之其中一面。最重要的是两组读者群所处的都是一个沉痛而压抑的时代,彼此均有一种"故国不堪回首月明中""问君能有几多愁?恰似一江春水向东流"的悲怆回忆,而诗中却朦朦胧胧,没有明白道出。这便是神韵诗的高明之处。

徐乾学(原一,1631—694)在其为王士禛撰写的《十种唐诗选序》中便指出:

> 余交新城王先生四十年,侧闻绪论矣。诗之为教,主于温柔敦厚,感发性情,无古今之别。……先生金口木舌以警学者,既引有唐诸公为之证据,又别裁伪体,使成善本,用心苦矣。①

作为相知四十年的知交,徐乾学对王士禛的诗论及意向必然有相当准确地把握。否则,王氏不可能将其序并置于卷首。由徐氏对王氏论诗选诗的宗旨看来,王氏都是不折不扣的传统儒家诗教的信徒。王氏选诗,如徐氏所说的"意寄深远""机趣蕴蓄""能略得六义之遗者为宗":即是说,"有乖温柔敦厚之旨,亟亟乎其敛而抑之也",不合"温柔敦厚"之旨,皆不

---

① 王士禛:《十种唐诗选》,广文书局1971年版,第3—4页。

在选录之列。而徐氏更引唐人芮挺章在《国秀集序》中之言，将王氏比作以选诗济诗坛之弊的芮挺章。然而，是什么因由要王士禛的"金口木舌以警学者"呢？而他又能以神韵说而主导清初诗坛呢？正是王士禛的徜恍朦胧之诗风，成就了独具一格的神韵说，亦因为这种诗风，王士禛既可于诗中寄存个人的真实情怀（包括对前朝败亡之哀悼），又免于文字狱，而又能成为清初诗坛盟主。①

绝句与怀古诗别有怀抱，各有千秋，然而，王士禛的诗歌创作中另一种能呈现其神韵论之最高境界者，应该是其题画诗。

六　诗与画及禅

诗、画及禅自王维起已有汇通之势，下及苏轼，益加推许三者并无二致，及至王士禛之神韵说之提出，三者更是得到了圆满的结合与汇通。三者之共通，终归妙悟。

王士禛之倾向王、孟诗风，乃深受其兄王士禄（子底，1625—1673）的影响。《居易录》记载：

> 时先长兄考功始为诸生，嗜为诗，见予诗甚喜，取刘颀阳（一相，明相国鸿训之父）先生所编《唐诗宿》中王、孟、常建、王昌龄、刘眘虚、韦应物、柳宗元数家

---

① 有关"神韵说"的避祸之说，可参见马积高《清代学术思想的变迁与文学》，第69—70页；萧华荣：《中国诗学思想史》，华东师范大学1996年版，第336页。至于神韵说之所以能主导清初诗坛及神韵说与"清真雅正"的关系，可参见方孝岳《中国文学批评》，生活·读书·新知三联书店1986年版，第200、203—204页。

诗，使手钞之。①

《蚕尾续文》中亦说：

> 长兄考功先生嗜为诗，故予兄弟皆好为诗。尝岁莫大雪，夜集堂中置酒，酒半出王、裴《辋川集》，约共和之，每一诗成，辄互赏激弹射，诗成酒尽，而雪不止。②

如此的成长环境，童年美好的记忆影响了他的一生，王、孟诗风的影响，亦贯穿了他毕生的审美情趣与生活方式。故而从入仕伊始，他便已代入了王、孟模式或魏、晋名士的生活氛围。

王氏最为推崇的王维，认为其诗最得神韵之三昧，其中的一个原因就在于"诗中有画，画中有诗"，而关键在于必藉妙悟方得其神：

> 世谓王右丞画雪中芭蕉，其诗亦然。如："九江枫树几回青，一片扬州五湖白"，下连用兰陵镇、富春郭、石头城诸地名，皆寥远不相属。大抵古人诗画，只取兴会神到，若刻舟缘木求之，失其指矣。③

雪中不可能有芭蕉，各地不可能并现，只因"兴会神到"，只可意会，不可言诠，这就是神韵。由是言之，诗与画及禅之

---

① 王士禛著，戴鸿森校点：《带经堂诗话》上册，人民文学出版社1998年版，第172页。
② 同上书，第169页。
③ 同上书，第68页。

关系密不可分，道理如一：

《史记》如郭忠恕画天外数峰，略有笔墨，然而使人见而心服者，在笔墨之外也。右王楙《野客丛书》中语，得诗文三昧，司空表圣所谓"不着一字，尽得风流"者也。①

余尝观荆浩论山水而悟诗家三昧矣。其言曰："远人无目，远水无波，远山无皴。"……诗文之道，大抵皆然。②

以上及论诗与画，再论诗与禅：

舍筏登岸，禅家以为悟境，诗家以为化境，诗禅一致，等无差别。③

再深入的便是诗与画及禅之汇通：

或问"不着一字，尽得风流"之说。答曰：太白诗："牛渚西江月，青天无片云；登高望秋月，空忆谢将军。余亦能高咏，斯人不可闻；明朝挂帆去，枫叶落纷纷。"襄阳诗："挂席几千里，名山都未逢；泊舟浔阳郭，始见香炉峰。常读远公传，永怀尘外踪；东林不可见，日暮空闻钟。"诗至此，色相俱空，正如羚羊挂角，无迹可求，

---

① 王士禛著，戴鸿森校点：《带经堂诗话》上册，人民文学出版社 1998 年版，第 85—86 页。
② 同上书，第 86 页。
③ 同上书，第 83 页。

画家所谓逸品是也。①

李白与孟浩然诗中虽有所实指,而更多的是一种莫以名状的情怀,难以凿实。作画之妙一如作诗,这是神韵理论在作画上的应用,亦取其"兴会神到"而已。吴调公指出:

> 王渔洋强调诗的神韵之时,正是清初南宗画派风靡,特别是推崇"逸品"之际。这种诗与画在神韵说上的近于合流,并非偶然。②

又说:

> ……渔洋身上除了受禅宗影响以外,还有着魏晋风度和玄学因素。因此,他毕生提倡的神韵说在其创作实践中的重要体现,便是对山川云身的艺术感受和爱好,偏于清澄飘逸的审美范畴。③

确为的论。

现在,让我们欣赏王士禛所作的两首题画诗:

> 偶来独立碧谿头,石涧茅亭白日幽。

---

① 王士禛著,戴鸿森校点:《带经堂诗话》上册,人民文学出版社1998年版,第70—71页。
② 吴调公:《神韵论》,人民文学出版社1991年版,第223页。
③ 同上书,第222—223页。

风雨欲来山欲暝，万松阴里飒寒流。(《叶欣画》)①
忆昔茅斋雪霁时，地炉松火夜谈诗。
春风骑马长安去，如此溪山坐付谁。(《题黄鹤山樵画》)②

题画诗乃诗人凭画中景物而作想象，或并未曾亲历其境，画作只是提供想象或伫兴的媒介，故而题诗是为了说明画作意图，画作则是凝定而没有再作说明的空间，题诗是否能达致说明画作意图的目的？《叶欣画》一诗中的"风雨欲来山欲暝"既非画作所能呈现，甚至是题诗者对"独立碧溪头"者所处的大环境的暗示。至于《题黄鹤山樵画》中的"忆昔茅斋雪霁时，地炉松火夜谈诗"，根本非画中所有，乃题诗者之想象，或者赋了一幅"骑马长安去"者过去的美好时光。因此，其题诗则丰富了画中的历史及境界，从现在而沟通了过去，以至于此刻的怅惘及未来的不可预知。一切均未有明确的答案，由此而为观赏者之介入提供了更广阔的领悟空间。

此外，因为画作已为诗人设定了固有的景物，即是已在广大的空间中作了最精彩的浓缩，而且以他人之眼而呈现在诗人眼前的景物，毕竟与诗人自身的审美方式截然不同，这种迥异的审美方式给予了诗人一种强烈的陌生化的审美刺激，故而其题画诗便不会如其自身游历所写的诗一样，落入既定的起承转合以及审美方式的窠臼。故此可以说，诗、禅及画三者之结合与汇通，乃王士禛诗作中境界最高而且最能呈现神韵的作品。

---

① 王士禛著，惠栋、金荣注：《渔洋精华录集注》上册，齐鲁书社1992年版，第189页。

② 王士禛著，惠栋、金荣注：《渔洋精华录集注》下册，齐鲁书社1992年版，第846页。

七　总结

　　王士禛之拈出神韵说，乃源于家学与性情，自其取向，非关学问。王氏的神韵论及其创作为清初诗坛带来一股清新的气息，摆脱前、后七子之纠缠于模拟，洗尽公安派之轻浮与竟陵派之尖巧，而更为实际的是其实践风靡大江南北。更为重要的是，王士禛与其他诗人兼理论定不同的是，其诗论着重妙悟，此为资质上乘者而设，故而没有具体而详细的眉批可资检阅推敲与繁衍论述，然而其杰出而多产的诗作，则有力地丰富了其诗学内涵，此可谓前无古人，殆无可疑。

征引书目

——凡例——

一、本书目只包括正文及注释曾征引的书籍和论文

二、本书目分两部分：

1. 中文专籍及博士、硕士学位论文

2. 中文期刊及单篇文章

Ⅰ.

丁福保编：《历代诗话续编》，中华书局 1983 年版。

（明）于慎行：《谷城山馆诗集》，商务印书馆影印文渊阁本 1977 年版。

（明）王世贞：《弇州山人续稿》，文海出版社 1970 年版。

（明）王世贞著，罗仲鼎校点：《艺苑卮言校注》，齐鲁书社 1992 年版。

王先霈、王又平主编：《文学批评术语词典》，上海文艺出版社 1999 年版。

（清）王次回著，郑清茂校：《王次回诗集》，联经出版事

业公司 1984 年版。

（清）王士禛著，惠栋、金荣注：《渔洋精华录集注》，齐鲁书社 1992 年版。

（清）王士禛编，胡棠笺注：《唐贤三昧集笺注》，香港中文大学新亚图书馆，光绪九年翰墨园重刊。

（清）王士禛：《十种唐诗选》，广文书局 1971 年版。

（清）王士禛：《池北偶谈（外三种）》，上海古籍出版社 1993 年版。

（清）王夫之评选，张国星校点：《古诗评选》，文化艺术出版社 1997 年版。

（清）王夫之选评，王学太校点：《唐诗评选》，文化艺术出版社 1997 年版。

（清）王夫之等撰：《清诗话》，上海古籍出版社 1982 年版。

王小舒：《神韵诗史》，文津出版社 1994 年版。

王彬：《禁书·文字狱》，中国工人出版社 1992 年版。

王昶：《湖海诗传》，商务印书馆 1958 年版。

王瑶：《关于中国古典文学问题》，上海古典文学出版社 1956 年版。

王重民：《中国善本书提要》，上海古籍出版社 1983 年版。

王钟翰点校：《清史列传》，中华书局 1964 年版。

（清）仇兆鳌：《杜少陵集详注》，文学古籍刊行社 1955 年版。

方孝岳：《中国文学批评》，生活·读书·新知三联书店 1986 年版。

（清）永瑢等撰：《四库全书总目》，中华书局 1987 年版。

成复旺、黄保真、蔡锺翔：《中国文学理论史：明清鸦片战争前时期》，洪业文化事业出版有限公司1994年版。

（清）朱彝尊：《曝书亭全集》，台湾中华书局1981年版。

（清）朱彝尊：《静志居诗话》，人民文学出版社1998年版。

朱东润等：《中国文学批评家与文学批评》，学生书局1971年版。

朱自力：《说诗晬语论历代诗》，里仁书局1994年版。

（明）何景明著，李淑毅等点校：《何大复集》，中州古籍出版社1989年版。

吴之振等辑，顾廷龙主编：《宋诗钞宋诗补钞》，生活·读书·新知三联书店1988年版。

吴宏一：《清代诗学初探》，学生书局1985年版。

吴宏一：《清代文学批评论集》，联经出版事业公司1998年版。

吴瑞泉：《沈德潜及其格调说》，硕士学位论文，东吴大学中国文学研究所，1981年。

吴瑞泉：《明清格调说》，博士学位论文，东吴大学中国文学研究所1988年版。

吴兆路：《中国性灵文学思想研究》，文津出版社1994年版。

吴枝培：《中国文论要略》，南京大学出版社1994年版。

（清）沈德潜：《沈归愚诗文全集》，香港科技大学藏台湾"中研院"傅斯年图书馆清乾隆年间刊本复印本。

（清）沈德潜：《古诗源》，上海印书馆1962年版。

（清）沈德潜选评：《唐诗别裁集》，中华书局1975年版。

（清）沈德潜选评，赵翼批点：《宋金三家诗选》，齐鲁出版社1983年版。

（清）沈德潜选评：《明诗别裁集》，中华书局1977年版。

（明）李东阳著，周寅宾点校：《李东阳集》，岳麓书社1983年版。

（明）李梦阳：《空同集》，上海古籍出版社1991年版。

（明）李攀龙撰编，王云五主编：《古今诗删》，台湾商务印书馆1978年版。

（明）李贽：《续藏书》，台湾学生书局1986年版。

杜松柏主编：《清诗话访佚初编》，新文丰出版公司1987年版。

（明）李攀龙著，包敬第标校：《沧溟先生集》，上海古籍出版社1992年版。

周采泉：《杜集书录》，上海古籍出版社1986年版。

周伟明：《明清诗歌史论》，吉林教育出版社1995年版。

［日］青木正儿：《清代文学评论史》，陈淑女译，台湾开明书店1968年版。

林秀蓉：《沈德潜及其弟子诗论之研究》，硕士学位论文，高雄师范大学国文研究所，1986年。

（清）邵懿辰撰，邵章续录：《增订四库简明目录标注》，世界书局1961年版。

姚觐元编，孙殿起辑：《清代禁燬书目（补遗）·清代禁书知见录》，商务印书馆1957年版。

（清）施闰章：《学余堂诗文集》，台湾商务印书馆1972年版。

胡幼峰：《沈德潜诗论探研》，学海出版社1986年版。

（明）胡应麟：《诗薮》，中华书局 1962 年版。

（明）高棅：《唐诗品汇》，上海古籍出版社 1981 年版。

（明）康海：《对山集》，台湾商务印书馆 1972 年版。

（明）袁中道著，阿英点校：《珂雪斋文集》，上海杂志公司 1936 年版。

袁行霈、孟二冬、丁放：《中国诗学通论》，安徽教育出版社 1994 年版。

（清）袁枚著，周本淳标校：《小仓山房诗文集》，上海古籍出版社 1988 年版。

（清）袁枚著，顾学颉枚点：《随园诗话》，人民文学出版社 1998 年版。

袁震宇、刘明今：《明代文学批评史》，上海古籍出版社 1991 年版。

孙之梅：《钱谦益与明末清初文学》，齐鲁书社 1996 年版。

孙琴安：《唐诗选本六百种提要》，陕西人民教育出版社 1987 年版。

孙立：《明末清初诗论研究》，广东高等教育出版社 1999 年版。

（清）翁方纲：《复初斋文集》，文海出版社 1966 年版。

马茂元：《晚照楼论文集》，上海古籍出版社 1981 年版。

马积高：《清代学术思想的变迁与文学》，湖南出版社 1996 年版。

（清）乾隆选评，冉苒校点：《唐宋诗醇》，中国三峡出版社 1997 年版。

（清）张廷玉等撰：《明史》，中华书局 1974 年版。

张健：《明清文学批评》，国家出版社 1983 年版。

张健：《沧浪诗话研究》，五南图书出版公司1992年版。

敏泽：《中国文学理论批评史》，人民文学出版社1981年版。

（唐）皎然著，周维德校注：《诗式校注》，浙江古籍出版社1993年版。

竟陵派文学研究会编：《竟陵派与晚明文学革新思潮》，武汉大学出版社1987年版。

许建昆：《李攀龙文学研究》，文史哲出版社1987年版。

许志刚：《严羽评传》，南京大学出版社1997年版。

郭成康、林铁均：《清朝文字狱》，群众出版社1990年版。

郭绍虞：《中国诗的神韵、格调及性灵说》，崇文书店1971年版。

郭绍虞主编：《清诗话续编》，上海古籍出版社1983年版。

郭绍虞：《中国文学批评史》，上海古籍出版社1988年版。

郭绍虞主编：《中国历代文论选》，上海古籍出版社1990年版。

（清）陆心源：《皕宋楼藏书志·皕宋楼藏书续志》，中华书局1990年版。

（明）陈子龙等编选：《皇明诗选》，上海华东师范大学1991年版。

陈田：《明诗纪事》，上海古籍出版社1993年版。

陈国球：《镜花水月》，东大图书公司1987年版。

陈国球：《胡应麟诗论研究》，华风书局1986年版。

陈国球：《唐诗的传承》，学生书局1990年版。

陈书录：《明代前后七子研究》，江西人民出版社1994年版。

陈书录：《明代诗文的演变》，江苏教育出版社 1996 年版。

陈良运：《中国诗学批评史》，江西人民出版社 1995 年版。

陈良运等主编：《中国历代诗学论著选》，百花洲文艺出版社 1995 年版。

[日] 渡会末茂编：《杜律评丛·杜诗偶评》，中文出版社文化六年版。

（清）黄宗羲：《黄宗羲全集》，浙江古籍出版社 1985 年版。

（明）焦竑著，顾思点校：《玉堂丛语》，中华书局 1981 年版。

（清）叶燮、薛雪、沈德潜著，霍松林、杜维沫校注：《原诗　一瓢诗话　说诗晬语》，人民文学出版社 1979 年版。

邬国平、王镇远合撰：《清代文学批评史》，上海古籍出版社 1995 年版。

葛万里编：《清钱牧斋先生谦益年谱》，商务印书馆 1981 年版。

（明）杨慎著，杨文生校笺：《杨慎诗话校笺》，四川人民出版社 1990 年版。

杨松年：《中国古典文学批评论集》，生活·读书·新知三联书店 1987 年版。

杨松年：《中国文学评论史编写问题论析》，文史哲出版 1988 年版。

[日] 铃木虎雄：《中国诗论史》，洪顺隆译，商务书馆 1972 年版。

廖可斌：《复古派与明代文学思潮》，文津出版社 1994 年版。

（清）潘禾评、吴榷参：《李于麟先生唐诗选评笺注》（八卷），香港中文大学图书馆特藏，乾隆丁卯（1747）映雪草堂刊行。

蒋凡、郁沅主编：《中国古代文论教程》，中国书籍出版社1994年版。

刘世南：《清诗流派史》，文津出版社1995年版。

刘若愚：《中国文学理论》，杜国清译，联经出版社1981年版。

鲁迅著，吴子敏、徐迺翔、马良春编：《鲁迅论文学与艺术》，人民文学出版社1980年版。

蔡景康编选：《明代文论选》，人民文学出版社1993年版。

历史研究编辑部编：《明清人物论集》，四川人民出版社1983年版。

萧华荣：《中国诗学思想史》，华东师范大学出版社1996年版。

（清）钱谦益：《牧斋初学集牧斋有学集》，台湾商务印书馆1967年版。

（清）钱谦益：《列朝诗集》，三联书店1989年版。

钱仲联主编：《中国文学家大辞典·清代卷》，中华书局1996年版。

霍有明：《论唐诗繁荣与清诗演变》，中国社会科学出版社1997年版。

简恩定：《清初杜诗学研究》，文史哲出版社1986年版。

简锦松：《明代文学批评研究》，学生书局1989年版。

谢正光、佘汝丰编著：《清初人选清初诗汇考》，南京大学出版社1998年版。

（明）谢榛、（清）王夫之著，宛平、舒芜点校：《四溟诗话·姜斋诗话》，人民文学出版社1998年版。

（明）钟惺、谭元春合编：《诗归》，香港大学冯平山图书馆特藏，明万历四十五年（1617）闵氏朱墨蓝三色套印本。

（明）钟惺撰，李先耕、崔重庆标校：《隐秀轩集》，上海古籍出版社1992年版。

（明）谭元春著，陈杏珍标校：《谭元春集》，上海古籍出版社1998年版。

谭卓培：《沈德潜宋金三家诗选研究》，硕士学位论文，中文大学研究院中国语言及文学部，1996年。

（宋）严羽著，郭绍虞校释：《沧浪诗话校释》，里仁书局1987年版。

龚显宗：《历代诗话析探》，复文图书出版社1990年版。

II

王公望：《李梦阳与康海》，《甘肃社会科学》1997年第4期。

王英志：《沈德潜诗论精义述要》，《文学评论丛刊》1984年第22辑。

王承丹：《浅论后七子的内部纷争及其影响》，《中国古代、近代文学研究》1996年8月。

成复旺：《对〈沧浪诗话〉的再认识》，《古代文学理论研究丛刊》1985年第10辑。

李庆立：《再论谢榛"以盛唐为法"》，《中国古代、近代文学研究》1996年9月。

李锐清：《沈德潜"格调说"的来源及理论》，《香港中文大学中国文化研究所学报》1985年第16卷。

吴兆路：《沈德潜"温柔敦厚"说新解》，《文学遗产》1997年第4期。

吴光正：《明清诗歌创作和理论纷争的四大特征》，《中国古代、近代文学研究》1997年第3期。

吴宏一：《袁枚的性灵说》，《中外文学》1973年第3期。

吴宏一：《沈德潜的格调说》，《幼狮月刊》1976年第3期。

吴宏一：《沈德潜〈说诗晬语〉研究》，《"国立"编译馆馆刊》1990年第1期。

吴兴华：《唐诗别裁书后》，《文学年报》1938年第4期。

吴调公：《心灵的远游诗歌神韵论思潮的流程》，《文学遗产》1987第3期。

沈检江：《明诗拟古主潮：格调禁锢下才情的毁灭》，《学习与探索》1995年第1期。

汪正章：《王世贞文学思想论析》，《广西大学学报》1995年第4期。

周勋初：《康熙御定〈全唐诗〉的时代印记与局限》，《中国文哲研究通讯》1995年第2期。

周秦、范建明：《沈德潜与叶燮》，《学术月刊》1984年第6期。

周策纵：《一察自好：清代诗学测征》，《第三届国际清代学术研讨会论文集》，1993年。

侯毓信：《略论李梦阳的"情真"说》，《古代文学理论研究》1985年第10辑（6月）。

胡幼峰：《试论〈唐诗别裁集〉编选之得失》，中国古典文学研究会主编《古典文学》1988 年第 10 集。

胡可先：《沈德潜杜诗学述略》，《杜甫研究学刊》1994 年第 1 期。

袁志彬：《沈德潜及其杜诗论（上）》，《杜甫研究学刊》1995 年第 3 期。

袁志彬：《沈德潜及其杜诗论（续）》，《杜甫研究学刊》1995 年第 4 期。

张寅彭：《清人总摄明诗的三部大型之着》，《古典文学知识》1997 年第 5 期（5 月）。

张晶：《论谢榛的诗学思想》，《吉林大学社会科学学报》1994 年第 1 期。

连文萍：《明代格调派诗论中的"杜诗集大成"说》，《"国立"编译馆馆刊》1994 年第 1 期。

许总：《明清杜诗学概观》，《文学遗产》1988 年第 6 期。

陈伯海：《"妙悟"探源——读〈沧浪诗语〉札记之二》，《社会科学战线》1985 年第 1 期。

陈国球：《试论李攀龙之选唐诗及"唐无五言古诗而有其古诗"说的意义及其影响》，《唐代文学研究》，广西师范大学出版社 1998 年版。

陈正宏：《明诗总集述要》，《古典文学知识》1997 年第 7 期。

陈瑞山：《沧浪诗话的历史范例》，《中外文学》1992 年第 4 期。

彭先兆：《〈诗归〉———部别具新见的力作》，《古代文学理论研究丛刊》1989 年第 14 辑。

游国恩：《沈氏德潜〈清诗别裁〉之谬妄》，《文史》1978

年第 5 辑。

黄果泉：《李梦阳诗学思想的格调说》，《河南师范大学学报》1994 年第 2 期。

杨晓景：《略论前后七子文学思想的内在矛盾》，《中国古代、近代文学研究》1996 年 7 月。

杨松年：《诗选的诗论价值——文学评论的另一个方向》，《中外文学》1981 年第 5 期。

鄢传恕：《清代诗论家论明代前后七子》，《华中师范大学学报》（哲学社会科学版）1993 年第 3 期。

叶朗：《关于沈德潜诗论的两个问题》，《文学评论丛刊》1981 年第 9 辑。

廖仲安：《沈德潜诗述评》，《文学遗产》1984 第 2 期。

郑毓瑜：《李东阳的诗论》，《中外文学》1983 年第 3 期。

刘世南：《沈德潜论》，《江西师院学报》1983 年第 2 期。

刘明浩：《试论明代文学家李东阳》，《社会科学战线》1984 年第 4 期。

刘明华：《芬芳悱恻解杜转益多师学杜——袁枚对杜诗学的贡献》，《杜甫研究学刊》1993 年第 1 期。

刘开扬：《明人研杜撷英》，《杜甫研究学刊》1993 年第 1 期。

朴英顺：《〈沧浪诗话〉与明代诗话》，《上海大学学报》1997 年第 1 期。

简锦松：《论明代文学思潮中的学古与求真》，中国古典文学研究会主编《古典文学》，台湾学生书局 1986 年第 8 集。

后　记

　　明、清两代，在唐、宋诗歌的辉煌之下，才人学者显然有了巨大的压力与焦虑，虽然彼等之诗歌创作并没有停止，甚至更为投入，特别是明代复古诗派，前、后七子以及其他林林总总的诗社，不计其数，然而成就却是乏善可陈。前、后七子不但是明代中叶的诗学精英，而且大多科场得意、身居要位。前七子中的康海便是弘治十五年（1502）的状元，其一生创作甚丰，却无一诗为后世所熟知，李梦阳、何景明、徐祯卿、边贡、王九思及王廷相等的诗作亦然。后七子中的李攀龙以《古今诗删》流传后世，王世贞更是诗坛盟主，却无一诗为后世所传颂，宗臣、梁有誉、徐中行、吴国伦及谢榛，亦复如是。如此现象，充分说明彼等深陷于"模拟"之魔障，无法舍筏登岸，毕生戮力，徒为泥偶。

　　尽管明人的诗歌创作乏力，若论诗论之深邃细腻，辨析毫芒，却是历代之冠，且复大力刊行选本，务求尽善尽美。我曾在香港大学冯平山图书馆翻阅李攀龙所选之《古今诗删》与锺惺、谭元春所选之《诗归》，古雅端庄，印刻精良，在数百年间之劫火中安然无恙，一如山中老僧般淡定自若，不知尘世的烦嚣悲喜。这是明人的心血，亦是中国诗论的典范之选。至于清代，亦主要是以诗论为主，王士禛、沈德潜、袁枚，以至于翁方纲等的诗论，均别有主张，各领风骚。由此，我们必须正确评判，明、清两代在诗史上的主要成就，在于诗论，而非诗歌。

此中，集明清诗论之大成者，乃历经康熙、雍正、乾隆三朝的沈德潜。沈德潜毕生致力于诗学之探研，其创作亦如复古诗派般不为后人所知，而其刊行的各种选本之别裁得当与点评之精妙，从其流传至日本的《杜诗偶评》广受欢迎便可见一斑。沈德潜诗学之所以成为明清格调诗派之集大成者，蔚然成一代诗学宗师，除了其学问渊博与点评精准之外，自然亦与其晚年发迹，获宠于乾隆有莫大的关系。沈德潜对明代复古诗派的传承与创造性批判，及其选本与点评的诗学意义，正乃拙著的重心所在。

在拙着出版之际，获长江学者、西南大学文学院何宗美教授赐序，倍感荣幸与温暖。我与宗美兄相识有年，对其学问与为人，敬佩有加，其大序之于拙着，犹如点睛之笔，可见其学识非凡，眼光独到。在此向宗美兄的爱护之心，表示衷心的感恩。复旦大学文学院的陈广宏教授在外访与科研的繁忙工作之中仍不忘赐序，溢美之言，也是出于对晚辈的厚爱与寄望，令我分外感动。

除此之外，也要谢谢长期以来帮忙与鼓励我的家人、师友与学界友人，我将继续努力，冀盼有更大的成绩，不负大家的厚爱。

陈岸峰

2018 年 11 月 8 日